U0964346

大家小书

写作常谈

叶圣陶 著

北京出版集团
北京出版社

图书在版编目（CIP）数据

写作常谈 / 叶圣陶著. — 北京 ：北京出版社，2020.10（2024.8 重印）
ISBN 978-7-200-15627-0

Ⅰ. ①写… Ⅱ. ①叶… Ⅲ. ①中国文学—文学创作—文集 Ⅳ. ①I206-53

中国版本图书馆CIP数据核字（2020）第100212号

总 策 划：安　东　高立志　　特邀编辑：韩慧强　　责任编辑：高立志　王忠波

·大家小书·
写作常谈
XIEZUO CHANGTAN
叶圣陶　著

出　　版　北京出版集团
　　　　　北京出版社
地　　址　北京北三环中路 6 号
邮　　编　100120
网　　址　www.bph.com.cn
总 发 行　北京出版集团
印　　刷　北京华联印刷有限公司
经　　销　新华书店
开　　本　880 毫米 ×1230 毫米　1/32
印　　张　9.25
字　　数　150 千字
版　　次　2020 年 10 月第 1 版
印　　次　2024年 8月第 3 次印刷
书　　号　ISBN 978-7-200-15627-0
定　　价　59.00 元

如有印装质量问题，由本社负责调换
质量监督电话　010-58572393

总　序

袁行霈

“大家小书”，是一个很俏皮的名称。此所谓“大家”，包括两方面的含义：一、书的作者是大家；二、书是写给大家看的，是大家的读物。所谓“小书”者，只是就其篇幅而言，篇幅显得小一些罢了。若论学术性则不但不轻，有些倒是相当重。其实，篇幅大小也是相对的，一部书十万字，在今天的印刷条件下，似乎算小书，若在老子、孔子的时代，又何尝就小呢？

编辑这套丛书，有一个用意就是节省读者的时间，让读者在较短的时间内获得较多的知识。在信息爆炸的时代，人们要学的东西太多了。补习，遂成为经常的需要。如果不善于补习，东抓一把，西抓一把，今天补这，明天补那，效果未必很好。如果把读书当成吃补药，还会失去读书时应有的那份从容和快乐。这套丛书每本的篇幅都小，读者即使细细地阅读慢慢地体味，也花不了多少时间，可以充分享受读书的乐趣。如果把它们当成补药来吃也行，剂量小，吃起来方便，消化起来也容易。

我们还有一个用意，就是想做一点文化积累的工作。把那些经过时间考验的、读者认同的著作，搜集到一起印刷出版，使之不至于泯没。有些书曾经畅销一时，但现在已经不容易得到；有些书当时或许没有引起很多人注意，但时间证明它们价值不菲。这两类书都需要挖掘出来，让它们重现光芒。科技类的图书偏重实用，一过时就不会有太多读者了，除了研究科技史的人还要用到之外。人文科学则不然，有许多书是常读常新的。然而，这套丛书也不都是旧书的重版，我们也想请一些著名的学者新写一些学术性和普及性兼备的小书，以满足读者日益增长的需求。

“大家小书”的开本不大，读者可以揣进衣兜里，随时随地掏出来读上几页。在路边等人的时候，在排队买戏票的时候，在车上、在公园里，都可以读。这样的读者多了，会为社会增添一些文化的色彩和学习的气氛，岂不是一件好事吗？

“大家小书”出版在即，出版社同志命我撰序说明原委。既然这套丛书标示书之小，序言当然也应以短小为宜。该说的都说了，就此搁笔吧。

写作是人人办得到的事

叶小沫

我的爷爷叶圣陶先生曾经说：我当过教师也做过编辑，当编辑的年头比当教师长，如果别人问起我的职业，我就说是编辑。爷爷当教师的时候教的主要是语文，当编辑的时候为青少年编杂志、编书籍、编教科书，比较起来其中涉及语文知识方面的相对要多一些，因此无论是在做教师的时候，还是在做编辑的时候，无论是讲课，还是写文章，写作都是爷爷经常要提起的一个重要话题。最近北京出版社的“大家小书”系列，把爷爷一些有关谈写作的文章编成一集，书名定为《写作常谈》，我觉得这真的是再贴切不过了。

写作看起来是个挺大的题目。从古至今，有关写作的专著从来就不少。那些专著里，写作还是个让很多人都望而生畏的词儿，以为那是只有文人才能做的事儿，轻易不敢动笔。爷爷偏不把写作看成是多么了不起的事情。他的教学经验和编辑经验告诉他，在和同学，和老师，和编辑出版界同人说写作的时候，最先要打消的就是大家对写作的顾虑。爷爷说：“这是一道关，学习写作的人首先要打破它，打破它实在没有什么困难，因为它只是思想上的一个小疙瘩。咱们只要在思想上认清，小疙瘩就解除了，关就打破了。”至于怎么打破它，爷爷说：“习作的目的不在学习写文章，预备做文人。”因为，“无论什么人都生活在人群中间，随时有把意思情感发表出来的需要。发表可以用口，可以用笔，比较起来，用笔的效果更大。因此，人人都要学习用笔发表，人人都要习作”，而且，“写作并不是了不起的事，是人人办得到的事”。

都说爷爷是语文大家，这位语文大家在和大家谈写作的时候，却写了很多小文章，说的也大多是一些极平常的话。咱们不妨选一些文章的题目来看看。为了让大家放下包袱，他写了“写作是极平常的事”；为了教大家怎么开始动笔，他写了“写文章跟说话”“写话”“照着话写”“写加了工的话”；为的是让大家知道，写作无非就是把要说的话写下来。至于应该怎么写，他又告诉大家“写作要有中心”，在“拿起笔来之前”，要“想清楚然后写”。然后告诉大家怎么“开头和结尾”，怎么“安排句子”，文字要“准确·鲜明·生动”。在你按照他教的步骤把文章写好了后，他还要你“把稿子念几遍”，告诉你“修改是怎么一回事”，和你说说“文章的修改”。上面提到的这些文章，只是爷爷和初学者谈写作中的几篇，少则几百字，多也不过千把字，他把道理和大家说得清清楚楚，把方法和大家讲得明明白白。只要照着去做，多多练习，相信就是从来没有写过文章的人，也会渐渐有了自信，慢慢地学会写作，而这些文章中所说的，就是这位语文大家一生都在做的事情：普及写作知识，提倡人人写作。

关于写作，爷爷写的当然不止我这里说的这些短文，在父亲叶至善先生编的《叶圣陶集》的文学评论卷里，就收录和集成了第九卷《论创作》《文艺丛谈》《时挂心间》，第十卷《揣摩集》《读后集》《文章例话》等。其实爷爷写的还远远不止这些，他写过《这样写作》，和外公夏丏尊先生一起合作过《文章讲话》《文话七十二讲》《文心》，这些书至今都被语文老师看作是经典的必读书。《文心》这本书是夏丏尊和叶圣陶两位老人家专门为中学生写的，他们用孩子乐于接受的形式，用三十二个故事述说了关于写作的基本知识，这种教授作文的方法在当年是一个创举，深受老师和同学们的喜爱，一版再版，直到今天也没有人突破它。我上面提到的这几本书，大多是爷爷在上个世纪三十年代写的，如果哪位朋友在看了这本《写作常谈》之后，还想了解爷爷关于写作的更多论述，市场上应该还可以买得到，因为这些年来这些书没有断过档，一直有各出版社再版。

我出生在一个编辑家庭，爷爷做了七十三年的编辑，父亲做编辑也有六十一个年头。他们父子两个对编辑工作的热爱、执着和精益求精，称得上是为编辑的一生，编辑就是他们的生命。说来有些奇怪，生在编辑家庭，自己也是编辑，面对着每天都要接触的文字，我却满怀着敬畏。比如“写作”和“作品”这两个词儿，在我心里就有千斤重。直到现在我都觉得，“写作”是一件很庄严很郑重的事情，更不是随便一篇什么文字，都可以拿“作品”来冠名的。

父辈至善、至美和至诚他们三兄妹，在十几二十岁的时候和爷爷学习写作文，后来集结出版了《花萼》和《三叶》两本散文集。父亲在为这两本散文集写的序里，把他们的练习称为“习作”，把他们的书称为“作文本”，称为“集子”，却没有说过他们是在写作，也没有说过那些散文是他们的作品。看起来那个时候父亲就非常谨慎，在他看来，“写作”和“作品”这样的词儿，也不是可以随便用来冠以自己的文字的。尽管父亲在为别人编书之余，见缝插针地写过不少科普文章，出过几本散文集，写过四十几万字的爷爷的传记《父亲长长的一生》，其中的许多文字真的非常独到，有自己的风格，好像完全可以称得上是作品了，可是他在和别人聊天的时候，似乎从来没有说过“我在写作”，或者“我的作品”这样的话。父亲的谦虚谨慎是发自内心的，这也深深地影响了我。

从小时候起，印在我脑子里的就是两个抹不去的背影：一个是爷爷，一个是父亲。年复一年，日复一日，无论什么时候走进他们各自的书房，都会看到他们趴在自己的书桌前，低着头，聚精会神地在修改稿件或书写文字。爷爷和父亲房间里的书桌都面对着窗，阳光常常洒满书桌，暖暖的可人爱，以致爷爷晚年给《文汇报》写的一系列有关教育的随笔，起名就叫“晴窗随笔”。不同的是爷爷的书桌永远干净整齐，除了台灯，纸墨笔砚各就各位，伸手可得。在爷爷的面前，除了要处理的文章，一件多余的东西都没有；父亲的书桌永远乱七八糟，上面堆满了书籍和稿件，什么东西放在哪里他心里有数，你看着乱，可不能帮他收拾，一动他就找不到了，还会和你发脾气。有一点爷儿俩完全相同，那就是都太投入了，就像爷爷自己写的两句诗，“此际神完固，外物归冥邈”，意思是说，因为精神太集中，外界的事情离我已经很远很远了。尤其是到了晚年，爷爷的听力越来越差，我怕惊到他，只要有事，都会小心翼翼地走到他面前，轻声地招呼他。就是这样小心，有时候还是会吓到他，他惊愕地抬起头望着我的眼神，总会让我愧疚不已。后来每次来到爷爷的房前，我都会收住脚步，探出身子看看，如果看到他在做事，就轻轻地退身出来，不去打扰他。我告诉自己：他在写作。

出版社邀我为我爷爷的这本书写个导读，我自知无论从那个方面说，我都没有资格担当这个重任。这里写下的是我的一些随想，只是“写在前面的话”，希望对读者阅读这本书，对读者认识写作、从事写作能有所帮助。

2019年6月18日　深圳

目 录

001 / 略谈学习国文

005 / 写话

011 / 写文章跟说话

014 / 漫谈写作

一、用笔说话

二、照着话写

三、写加了工的话

四、写作要有中心

五、用全国人通用的话写

029 / 和教师谈写作

一、想清楚然后写

二、修改是怎么一回事

三、把稿子念几遍
四、平时的积累
五、写东西有所为
六、准确·鲜明·生动
七、写什么
八、挑能写的题目写
049 / 学习写作的方法
055 / 拿起笔来之前
064 / 开头和结尾
077 / 谈叙事
083 / 木炭习作跟短小文字
088 / 临摹和写生
092 / 依靠口耳
096 / 关于使用语言
111 / 学点语法

116 / 谈文章的修改
120 / 从梦说起
123 / 要做杂家
126 / 文艺谈
220 / 我如果是一个作者
224 / 第一口的蜜
227 / 文艺作品的鉴赏
一 要认真阅读
二 驱遣我们的想象
三 训练语感
四 不妨听听别人的话
249 / 揣摩
254 / 杂谈我的写作

略谈学习国文

无论学习什么学科，都该预先认清楚为什么要学习它。认清楚了，一切努力才有目标，有方向，不至于盲目地胡搅一阵。

学生为什么要学习国文呢？这个问题，读者诸君如果没有思考过，请仔细地思考一下。如果已经思考过了，请把思考的结果和后面所说的对照一下，看从中间能不能得到些补充或修正。

学习国文就是学习本国的语言文字。语言人人能说，文字在小学阶段已经学习了好几年，为什么到了中学阶段还要学习？这是因为平常说的语言往往是任意的，不免有粗疏的弊病；有这弊病，便算不得能够尽量运用语言；必须去掉粗疏的弊病，进到精粹的境界，才算能够尽量运用语言。文字和语言一样，内容有深浅不同，形式有精粗的差别。小学阶段学习的只是些浅的和粗的罢了，如果即此为止，还算不得能够尽量运用文字；必须对于深的和精的也能对付，能驾御，才算能够尽量运用文字。尽量运用语言文字并不是生活上一种奢侈的要求，实在是现代公民所必须具有的一种生活的能力。如果没有这种能力，就是现代公民生活的缺陷；吃亏的不只是个人，同时也影响到社会。因此，中学阶段必须继续着小学阶段，学习本国的语言文字——学习国文。

语言文字的学习，就理解方面说的，是得到一种知识；就运用方面说，是养成一种习惯。这两方面必须联成一贯；就是说，理解是必要的，但是理解之后必须能够运用；知识是必要的，但是这种知识必须成为习惯。语言文字的学习，出发点在“知”，而终极点在“行”；到能够“行”的地步，才算具有这种生活的能力。这是每一个学习国文的人应该记住的。

从国文科，咱们将得到什么知识，养成什么习惯呢？简括地说，只有两项，一项是阅读，又一项是写作。要从国文科得到阅读和写作的知识，养成阅读和写作的习惯。阅读是“吸收”的事情，从阅读咱们可以领受人家的经验，接触人家的心情；写作是“发表”的事情，从写作，咱们可以显示自己的经验，吐露自己的心情。在人群中间，经验的授受和心情的交通是最切要的，所以阅读和写作两项也最切要。这两项的知识和习惯，他种学科是不负授与和训练的责任的，这是国文科的专责。每一个学习国文的人应该认清楚：得到阅读和写作的知识，从而养成阅读和写作的习惯，就是学习国文的目标。

知识不能凭空得到，习惯不能凭空养成，必须有所凭借。那凭借就是国文教本。国文教本中排列着一篇篇的文章，使学生试去理解它们，理解不了的，由教师给与帮助（教师不教学生先自设法理解，而只是一篇篇讲给学生听，这并非最妥当的帮助）；从这里，学生得到了阅读的知识。更使学生试去揣摩它们，意念要怎样地结构和表达，才正确而精密，揣摩不出的，由教师给与帮助；从这里，学生得到了写作的知识。如果不试去理解，试去揣摩，只是茫然地今天读一篇朱自清的《背影》，明天读一篇《史记》的《信陵君列传》，那是得不到什么阅读和写作的知识的，国文课也就白上了。

这里有一点必须注意。国文教本为了要供学生试去理解，试去揣摩，分量就不能太多，篇幅也不能太长；太多太长了，不适宜于做细琢细磨的研讨工夫。但是要养成一种习惯，必须经过反复的历练。单凭一部国文教本，是够不上说反复的历练的。所以必须在国文教本以外再看其他的书，越多越好。应用研读国文教本得来的知识，去对付其他的书，这才是反复的历练。

现在有许多学生，除了教本以外，不再接触什么书，这是不对的。为养成阅读的习惯，非多读不可；同时为充实自己的生活，也非多读不可。虽然抗战时期，书不容易买到，买得到的价钱也贵；但是只要你存心要读，究竟还不至于无书可读。学校图书室中不是多少有一些书吗？图书馆固然不是各地都有，可是民众教育馆不是普遍设立了吗？藏书的人（所藏当然有多有少）不是随处都可以遇见吗？各就自己所好，各就各科学习上的需要，各就解决某项问题的需要，从这些处所借书来读，这是应该而且必须做的。

写作的历练在乎多练，应用从阅读得到的写作知识，认真地作。写作，和阅读比较起来，尤其偏于技术方面。凡是技术，没有不需要反复历练的。学校里的定期作文，因为须估计教师批改的时间和精力，不能把次数规定得太多。每星期作文一次算是最多了；就学生历练方面说，还嫌不够。为养成写作的习惯，非多作不可；同时为适应生产的需要，也非多作不可。作日记，作读书笔记，作记叙生活经验的文章，作抒发内部情思的文章，凡遇有需要写作的机会，决不放过，这也是应该而且必须做的。

（原载1942年1月1日《国文杂志》第一期）

写话

“作文”，现在有的语文老师改称“写话”。话怎么说，文章就怎么写。

其实，三十年前，大家放弃文言改写白话文，目标就在写话。不过当时没有经过好好讨论，大家在实践上又没有多多注意，以致三十年过去了，还没有做到真正的写话。

写话是为了求浅近，求通俗吗？

如果说写话是为了求浅近，那就必须承认咱们说的话只能表达一些浅近的意思，而高深的意思得用另外一套语言来表达，例如文言。实际上随你怎样高深的意思都可以用话说出来，只要你想得清楚，说得明白。所以写话跟意思的浅近高深没有关系，好比写文言跟意思的浅近高深没有关系一样。

至于通俗，那是当然的效果。你写的是大家说惯听惯的话，就读者的范围说，当然比较广。

那么写话是为什么呢？

写话是要用现代的活的语言写文章，不用古代的书面的语言写文章——是要用一套更好使的、更有效的语言。用现代的活的语言，只要会写字，能说就能写。写出来又最亲切。

写话是要写成的文章句句上口，在纸面上是一篇文章，照着念出来就是一番话。上口，这是个必要条件。上不得口，还能算话吗？通篇上口的文章不但可以念，而且可以听，听起来跟看起来念起来一样清楚明白，不发生误会。

有人说，话是话，文章是文章，难道一点距离也没有？距离是有的。话不免啰嗦，文章可要干净。话说错了只好重说，文章写错了可以修改。说话可以靠身势跟面部表情的帮助，文章可以没有这种帮助。这些都是话跟文章的距离。假如有一个人，说话一向很精，又干净又不说错，也不用靠身势跟面部表情的帮助，单凭说话就能够通情达意，那么照他的话记下来就是文章，他的话跟文章没有距离。不如他的人呢，就有距离，写文章就得努力消除这种距离。可是距离消除之后，并不是写成另外一套语言，他的文章还是话，不过是比平常说得更精的话。

又有人说，什么语言都上得来口，只要你去念，辞赋体的语言像《离骚》，人工制造的语言像骈文，不是都念得出来吗？这样问的人显然误会了。所谓上口，并不是说照文章逐字逐句念出来，是说念出来跟咱们平常说话没有什么差别，非常顺，叫听的人听起来没有什么障碍，好像听平常说话一样。这得就两项来检查：一项是语言的材料——语汇，一项是语言的组织形式——语法。这两项跟现代的活的语言一致，就上口，不然就不上口。我随便翻看一本小册子，看见这样的语句，是讲美国资产阶级自由主义者支配的几种刊物的：“……在不重要的地方，大资产阶级让他们发点牢骚，点缀点‘民主’风光，在重要的地方，则用不登广告……的办法，使他们就范。”不说旁的，单说一个“则”，就不是现代语言的语汇，是上不得口，说不来的。就在那本小册子里，又看见这样的语句，是讲美国司法界的黑暗的：“有好多人，未等到释放，便冤死狱中。”不说旁的，单说按照现代语言的组织形式，“冤死”跟“狱中”中间得加个“在”，说成“冤死狱中”是文言的组织形式，不是现代语言的组织形式，是上不得口，说不来的。

或许有人想，这样说未免太机械了，语言是发展的，在现代的语言里来个“则”，来个“冤死狱中”，只要大家通用，约定俗成，正是语言的发展。我想所谓语言的发展并不是这样的意思。实际生活里有那样一种需要，可是现代的语言里没有那样一种说法，只好向古代的语言讨救兵，这就来了个“咱们得好好酝酿一下”，来了个“以某某为首”。“酝酿”本来是个古代语言里的语汇，“以……为……”本来是文言的组织形式，现在参加到现代的语言里来了，说起来也顺，听起来也清。这是一种发展情形。“则”跟“冤死狱中”可不能够同这个相提并论。现在在文章里用“则”的人很多，但是说话谁也不说“则”，可见这个“则”上不得口，又可见非“则”不可的情形是没有的。“冤死狱中”如果可以承认它是现代的语言组织形式，那么咱们也得承认“养病医院里”“被压迫帝国主义势力之下”是现代的语言组织形式，但是谁也知道“养病”跟“被压迫”底下非加个“在”不可，不然就不成话。

还可以从另外一方面想。既然“则”可以用，那么该说“了”的地方不是也可以写成“矣”吗？该说“所以”的地方不是也可以写成“是故”吗？诸如此类，不用现代语言的语汇也可以写话了。既然“冤死狱中”可以用，那么该说“没有知道这回事”的地方不是也可以写成“未可知”吗？该说“难道是这样吗”的地方不是也可以写成“岂其然乎”吗？诸如此类，不照现代的语言组织形式也可以写话了。如果这样漫无限制，咱们就会发现自己回到三十年以前去了，咱们写的原来是文言。所以限制是不能没有的，哪一些是现代语言的词汇跟组织形式，哪一些不是，是不能不辨的。不然，写成的文章上不得口，不像现代的语言，那是当然的事。咱们看《镜花缘》，看到淑士国里那些人物的对话觉得滑稽，忍不住要笑，就因为他们硬把上不得口的语言当话说。咱们既要写话，不该竭力避免做淑士国的人物吗?

不愿意做淑士国的人物，最有效的办法是养成好的语言习惯。语言习惯好，写起文章来也错不到哪儿去，只要你不做作，不把写文章看成稀奇古怪的另外一套。

把写成的文章念一遍是个好办法，可以检查是不是通篇上口。不要把它当文章念，要把它当话说，看说下去有没有不上口的地方，有没有违反现代语言规律的地方，如果它不是写在纸面的文章，是你口头说的话，是不是也那样说。

还可以换个立场，站在听话的人的立场，你自己听听，那样一番话是不是句句听得清，是不是没有一点儿障碍，是不是不发生看了淑士国里那些人物的对话那样的感觉。

还有个检查的办法。你不防想一想，你那篇文章如果不用汉字写，用拼音文字写，成不成。有人说，咱们还在用汉字，还没有用拼音文字，所以做不到真正的写话。这个话也有道理。但是，为了检查写话，就把汉字当拼音文字用，也不见得不可以。一个语词有一个或者几个音，尽可以按着音写上适当的汉字。这样把汉字当拼音文字用，你对语言的看法就完全不同了，你会发觉有些话绝对不应该那样说，有些话只能够写在纸面，不能够放到口里。经过这样的检查，再加上修正，距离真正的写话就不远了。

（原载1951年1月10日《新观察》第二卷第一期）

写文章跟说话

写文章跟说话是一回事儿。用嘴说话叫作说话，用笔说话叫作写文章。嘴里说的是一串包含着种种意思的声音，笔下写的是一串包含种种意思的文字，那些文字就代表说话时候的那些声音。只要说得写得没有错儿，人家听了声音看了文字同样能够了解我的意思，效果是一样的。

写文章跟说话是一回事儿。要有意思才有话说。没有意思硬要说，就是瞎说。意思没有想清楚随便说，就是乱说。瞎说乱说都算不得好好地说话。用笔说话，情形也一个样。嘴里该怎么说的，笔下就该怎么写。嘴里不那么说，笔下就不该那么写。写文章决不是找一些稀奇古怪的话来写在纸上，只不过把要说的话用文字写出来罢了。

小朋友不要听见了“作文”“写文章”，以为是陌生的事儿，困难的事儿。只要这么想一想：这就是用笔说话呀。谁不会说话？想过之后，自然就觉得“作文”“写文章”是稀松平常的事儿了。而且，从小学一年级起，小朋友就写“爸爸做工”，“妈妈洗衣服”这类的句子，这就是用笔说话的开头。如果开了头一直不断地写，三年、四年、五年，用笔说话的习惯必然养成了。这时候，谁教不要写就觉得被剥夺了自由，能够随意地写正是极度的自由，哪会有嫌陌生怕困难的？

认定了写文章跟说话是一回事儿，就不必另外花什么工夫，只要把话说好就是了。话是本该要说好的，不写文章也得说好。咱们天天说话，时时说话，说不好怎么行？说好了的时候，文章也能写好了。咱们平常说谁的文章好，谁的不好，意思也是指的说好说不好。

现在要问，怎么才算把话说好？花言巧语，言不由衷，好不好？认是为非，将虚作实，好不好？含含糊糊，不明不白，好不好？颠三倒四，噜里噜苏，好不好？

问下去可以问得很多，不要再问吧。就把上面问的几点来想一想，那样的话决不会有人说好。在前的两点是不老实，在后的两点是不明确。说不老实的话，谁都知道无非想欺人骗人，怎么要得？说不明确的话，在自己是说了等于没有说，在人家是听了一阵莫名其妙，怎么能算说好？

咱们不妨简单地这么说：说话又老实又明确才算说好。以外当然还有可以说的，可是老实跟明确是最根本的两点。做到这两点，才可以谈旁的。这两点也做不到，旁的就不用谈了。

“作文”“写文章”到底是怎么一回事儿呢？回答也简单，就是用笔说又老实又明确的话。

（发表于1951年11月）

漫谈写作

一、用笔说话

咱们跟人家交流思想，不能光靠一张嘴说话，还得用笔说话。用笔说话即写作。

话只能说给面对面的人听，人家不在面前，你就没法跟他说话。但是用笔没有这个限制。人家几百里几千里以外，你可以给他寄信打电报。

用笔说话不但可以对同时代的人说，而且可以对后来的人说。古人的书就是古人对咱们说的话，咱们读他们的书就是听他们说话。

说话是一连串的声音。声音只能用耳朵听，而且一会儿就没有了，不留下什么痕迹。用笔说话可不然，写下来就在纸上留下痕迹，说话的本人和别人都可以用眼睛看一遍两遍，十遍二十遍，也就是重复地听它一遍两遍，十遍二十遍。

前边说的那些用笔说话的好处，谁都知道，好像不足为奇。但是请想一想，要是没有用笔说话这回事，咱们的文化生活会成什么样子？思想交流光靠面对面说话，范围就非常狭窄了，一切工作和活动必然进展得非常迟缓。两个人走开了就彼此不通声气。一代代的经验教训只能靠口耳相传。说话的人把话说过，听话的人把话听过，一丝儿踪影也不留了。

好在有文字的民族就有用笔说话这回事。有用笔说话这回事，思想交流的范围就非常广阔，文化生活就可以尽量发展。

当然，那还得看能够用笔说话的人多还是少。能够用笔说话的人多到百分之百，跟少到只有百分之几，这里头大有差别。必须人人能够用笔说话，思想交流的范围才能非常广阔。

现在咱们要建设社会主义，要提高大家的物质生活和文化生活。这得靠全体人民积极奋斗，努力工作。在奋斗和工作里，思想交流是一件极其重要的事情。

因此，咱们谁都要学文化，要掌握文字这个工具。这无非为的便利思想交流。

掌握了文字这个工具，就能够看书看报，不但看现在的书报，还可以看古人的书。看书看报是怎么回事？不就是听人家说话吗？掌握了文字这个工具，就能够写作。写作是怎么回事？不就是用笔说话吗？通过文字，不靠耳朵，能够听人家说话；不靠嘴，能够跟人家说话。你看，这对思想交流多方便！

咱们暂且丢开看书看报不说，单说写作。在咱们的日常生活里，写作几乎像吃饭喝水一样，是不能缺少的事项。写日记、写信、提意见、打报告、订计划、做总结……哪一项不需要动笔？既然经常要动笔，就必须学习写作，养成良好的习惯，做到用笔说话跟用嘴说话同样自由自在。

（1959年3月10日作）

二、照着话写

学习写作就得拿起笔来写。但是有些人说，拿起笔来容易，要写出什么来可不容易。好像写出什么来是一件了不起的事，不是人人办得到的。

这是一道关，学习写作的人首先得打破它。打破它实在没有什么困难，因为它只是思想上一个小疙瘩。咱们只要在思想上认清写作并不是了不起的事，是人人办得到的事，小疙瘩就解除了，关就打破了。

现在就这方面说一说。

写作就是说话，不过不用嘴说，用笔说。这一点大概谁都不会否认。既然承认这一点，就得承认能用嘴说话的人就能用笔说话，就能写作，只要他认得字，写得出。认得字，写得出，这很要紧，因为字是大家公用的工具，唯有利用这个工具说出去（就是把字写出去），人家才会了解。但是，一个人只要学过文化，认过两三千字，又练过写字，点画撇捺都记清楚，这就基本上可以说“认得字，写得出”了。

嘴里说“我们一定要解放台湾”，写下来就是“我们一定要解放台湾”；嘴里说“咱们的操作过程还得改进”，写下来就是“咱们的操作过程还得改进”。不认得这些个字，写不出这些个字，当然没办法。认得又写得出，还有什么难？

也许有人要说，这两个例子只是简单的两句话，比较繁复的长的一串话恐怕不一样吧？要知道无论怎样繁复的长的一串话，全跟前边举的例子一个样，可以照样写下来。你在什么会议上发言，一谈谈了个把钟头，记录员把你的话一句句记下来，就成一大篇用笔说的话。

要给朋友写封信，一定有一番话跟他说，把话写下来就是信。调查了一个车间，知道那里的一些情况，既然知道就说得出，把说得出的话写下来就是调查记录。例子不必多举，总之，问题只在有话没有话。要是没有话，你口也不必开，当然谈不到写。只要有话可说，你就一定能够写。话怎么说就怎么写。

写作决不是丢开了平常说话，另外来一套。写作决不是无中生有，另外找一套不相干的话来说。谁有什么话，谁就把他的话写下来，这就是写作。这多么稀松平常，人人办得到。办到的时候，那个人就有挺大的方便。本来必须面对面跟人家说的话，现在在纸上留下痕迹，纸传到哪里，话就传到哪里，纸传到多久，话就传到多久。思想交流的范围扩大了，岂不是挺大的方便？

说到这里，可见写不出什么来实在是一种不必要的顾虑。

可以写的东西多得很。凡是自己心里想的、嘴里说得出的，全都可以写的。怎么写呢？照着话写，话怎么说就怎么写。只要认定这个，再加上个不怕，要写就写，决不贪懒，这样今天写，明天写，不要多长时候，用笔说话就跟用嘴说话一样地顺当了。到这里，学习写作的头一道关也就打破了。

当然，话怎么说、话怎么写，并没有解决学习写作的全部问题。但是，这个办法回答了“写什么”“怎么写”的问题，这个办法养成了用笔代嘴的习惯，只要你照着做，事实就会给你证明写作没有什么难。头一道关打破了，你才能够满怀信心地学下去。

头一道关打破了，往后怎么样，下一回再谈。

（1959年3月12日作）

三、写加了工的话

前一回说，话怎么说就怎么写是个好办法，可以打破不敢动手写作的关。这道关既然打破了，就得进一步下工夫，要求写得好，比嘴里说的话好。

嘴里说话的时候，对面一定有人，或者一个人，或者几百人、千把人（譬如作大报告的时候）。面对面说话，常常可以依靠旁的帮助。脸上做一个表情，身体做一个姿势，手一指，脚一顿，都可以使对方更明白我说的意思。这些就是帮助。用笔说话的时候，只有一个个字写在纸上，这些帮助全没有了。

还有，多数人从小不注意训练，平时不细心琢磨，说话往往有些毛病，不精确、不干净。譬如应该说“研究”的地方说了“考究”，应该说“因为”的地方说了“那么”，应该说“事情”的地方说了“事故”，就是不精确。譬如话说不下去了，“这个，这个，这个……”来了一大串，用“咱们得切切实实地努力”结束了一句话，接着又重复个“咱们得切切实实地努力”，就是不干净。还有，一层意思已经在前边说过，说到后段，那层意思又来了，也是不干净。

面对面说话，当然也要求精确和干净。说得精确，就可以使对方完全了解我的意思，不发生一点儿误会。说得干净，话就比较有力量（拖泥带水的话力量差，不能深深地打进对方的心），而且说的人和听的人都可以节省些精力和时间。但是，说得不太精确，不太干净，依靠着旁的帮助，还多少可以补救一些。唯有用笔说话，不能依靠什么帮助，没有什么补救，要是写得不好，效果比说得不好更坏。你写得不精确，准叫人发生误会，甚至完全弄不明白。你写得不干净，准叫人感觉厌烦，甚至没看完就扔了。因此，用笔说的话要比嘴里说的话好。怎样才是好，回答很简单，用精确的、干净的话把意思说出来，然后写下来，就是好。

这就不光是话怎么说就怎么写了，在写下来以前，先得把话检查一番。怎么检查呢？这番话是不是恰好表明我的意思？一个个词儿用得对吗？后一句跟前一句、后一段跟前一段，接榫的地方合乎我的意思吗？说话的口气合乎我的感情吗？诸如此类的检查，目的在去掉那些不精确的部分，做到精确。按照我的意思看，这番话里有废话吗？哪怕一个词儿、一句句子，有去掉比留着更好的吗？诸如此类的检查，目的在去掉那些不干净的部分，做到干净。

检查过后，一定会发现原来的话某些地方不精确，应该改动，某些地方不干净，应该去掉。这么一改一去，给原来的话加了工，就是比较好的话了。然后照着这加了工的话，它怎么说就怎么写。

还有一种情形，有时候并不是先有一番话在那里，只等写下来就是，而是一面说话，一面写，说一句，写一句。在这种情形之下，咱们必须注意这是用笔说话，该比用嘴说话精确、干净，所以，得随说随检查。还有一个办法，就是把全部的话一口气写完，再作一番检查，该改就改，该去就去，然后算是完稿。

这么看来，写得好实在是说得好，拿着一支笔硬写是不会好的，还得从说的方面下工夫。想想自己的意思，想想人家看了我写的会怎么样，说成一番比随便说话更精确、更干净的话，然后写下来，这就是学习写作的进一步的要求。

学习写作的时候这样做，当然会影响平时的说话习惯，原来不怎么精确的逐渐精确起来，原来不怎么干净的逐渐干净起来。说话习惯越来越好，写作时候需要加工的就越来越少。直到最后，竟可以不需要加什么工，话怎么说就怎么写了。

（1955年4月5日作）

四、写作要有中心

写作不能照着随便说的话写，应该加一点儿工，使它又精确又干净，然后照着写。这一回再来说一个写作跟随便说话不同的地方。

两个朋友会了面，大家没事，坐下来闲聊天。从天气谈到春游，从春游谈到一路上看见的新建筑，从新建筑谈到建筑方面的形式主义，从形式主义谈到开会讨论问题也有形式不形式的分别……随便扯开来尽可以没完没了，直到彼此劳累了才算结束。像这样随便谈着的话，是不适宜照着写下来的。要是照着写下来给人家看，人家会问："你写这些话给我看有什么意思？"

闲聊天本来没有什么目的，随便扯来扯去，当然没有个中心。用笔说话，写给人家看，必然有个目的，因而必得有个中心。要是没有目的，那就根本用不着写了。写的人首先必须想清楚，我为什么要写。想清楚了，那个为什么就是目的，也就是中心。无论写得短，写得长，写得浅，写得深，全都一个样，全都要认清目的，抓住中心。

譬如写封信给朋友，托他代买一本书，托买书就是这封信的目的。写个报告给领导同志，向他报告车间里一个月来的工作情况，报告一个月来的工作情况就是这个报告的目的。写一本书准备出版，把自己的发明创造介绍给同行同业的工作者，介绍自己的发明创造就是这本书的目的。就以上三个例子来说，信的内容最平常，话也要不了多少；报告就复杂一些，也许要写八百或者千把字；书可比较不平常，要说的话也许很多，写下来就有几万字。可是这三件东西有个共同点，都有写作的目的。要写好这三件东西都必须有中心。什么叫有中心？就是所有的话集中在目的上，都跟目的有密切的关系。

就拿最简单的托买书的一封信来说吧。要买的是什么书，为什么自己不买要托朋友买，买到了怎么捎来，代付的钱怎么归还……这些话都跟托买书这件事有密切关系。把这些话写得清楚，这封信就算有中心。至于自己一向喜欢读书啦，读了书有什么好处啦……这些话虽然也成话，可是跟托买书这件事没有密切关系。要是把这些话也写进去，这封信就算中心不明确。从这里可以知道，必须说的话一句也不少写，不用说的话一句也不多写，这才是有中心。

还有一层。话是一句一句说的，写下来也是一句一句写的，这就有个次序问题。哪一句先说，哪一句后说，必须按适当的次序，不能乱来。要是随便拿一句话开头，随便拿一句话接上去，尽管句句话都是必须说的，也还不能算有中心。仍旧拿托买书的一封信来说。要是开头就写“代付的钱多少，我立即汇去还你”，朋友看了懂吗？写来不能叫朋友看懂，这封信还能算有中心吗？从这里可以知道，应该先说的写在前，应该后说的写在后，这才是有中心。

除开闲聊天，咱们用嘴说话也得有中心。你想，当众作报告，能没有中心吗？开会讨论什么问题，轮到发言，能没有中心吗？再就是跟人家接洽什么事情，叙述情况，商量办法，能没有中心吗？咱们平时不大留心有没有中心的问题，这就在必须有中心的场合，说话也不免乱跑野马，杂乱无章，像闲聊天一个样。其实只要事先想一想清楚，我这回说话为的什么目的，就可以抓住中心，有条有理地说的。我们练习写作，要努力做到两点：一点是写下来的话句句要集中在目的上；又一点是一句一句要按适当的次序写。

（1955年4月17日作）

五、用全国人通用的话写

咱们先来回想一下前两回说的。一回说咱们平时说话比较随便，得加点儿工，使它又精确又干净，然后话怎么说就怎么写。一回说咱们写下来的话不能像闲聊天那样没个中心，得围绕着一个中心，然后话怎么说就怎么写。那两回并没说到话是怎么样的话，是各人本乡本土的话呢，还是全国人通用的话。这一回就来谈谈这个问题。

咱们生在各处地方，从小就学会本乡本土的话，山东人说山东话、陕西人说陕西话、广东人说广东话、福建人说福建话。同乡人碰见了，大家说本乡本土的话，彼此都觉得非常亲切。可是不同地方的人碰见了，要是大家说本乡本土的话，那么，山东人说的陕西人大体还能懂，广东人说的陕西人可能完全不懂。因为咱们的国土太大了，各处地方的语言很不一致，说一样东西，声音和名称往往不同，话的说法也不完全相同。

说出话来不能使对方完全懂，这多少妨碍思想的交流，要是彼此完全不懂，就根本没法交流。照本乡本土的话写东西，情形也一个样，给同乡人看是好的，给不同地方的人看就多少有些障碍，甚至写了等于白写。

现在全国的人正在共同努力，建设社会主义社会，在一切工作和斗争中，彼此的思想必须充分交流，有一点儿障碍就是损失，别说根本没法交流了。因此，说话要说全国人通用的话，写东西要照全国人通用的话写。这样，说出来的写下来的才能使极大多数人了解，一个人才能跟极大多数人交流思想。各人本乡本土的话原没有什么不好，就是使用的范围窄一些。要求使用的范围广，就得学会全国人通用的话。

学会全国人通用的话不是一件难事，而且，咱们差不多早已学会了。

小学中学的课本，工农业余学校的课本，写的是全国人通用的话；报上和杂志上的文章，写的也是全国人通用的话。电台的广播员，话剧和电影的演员，说的是全国人通用的话；会场里做报告的和发言的，也大都说全国人通用的话。学习这种话的机会那么多，咱们不知不觉地能说这种话了，只要碰见个不同地方的人，自然而然跟他说这种话，至于拿起笔来的时候，也自然而然照这种话写，不照本乡本土的话写。以上说的不是咱们现在的实际情形吗？从这里可以看出，全国人通用的话是大家需要的，这种话使用的范围必然会越来越广。这种话使用的范围越来越广，咱们更非认真地学好它不可。

怎样才算学好？要学得非常熟，能够脱口而出，能够怎么想就怎么说，不用去想本乡本土的话怎么说，调换过来该怎么说。学到这样地步，就算学好了。这得从三个方面注意。

一是词儿。某样东西叫什么，某种动作叫什么，这些都是词儿。本乡本土的话里的词儿跟全国人通用的话相同的，不用注意，要注意那些不同的。随时注意，咱们才能用熟全国人通用的话里的词儿。

二是说法，也就是语法。一个意思，本乡本土的话的说法也许跟全国人通用的话不同。要注意这种不同。随时注意，咱们才能用熟全国人通用的话的说法。

三是声音。话是说给人家听的，词儿和说法全跟全国人通用的话一致了，要是声音不对头，那还不是全国人通用的话，人家听起来还多少会有障碍。所以声音也得注意。注意声音最好凭耳朵和嘴。耳朵听该怎么发音才准，嘴学着发，这是直接的、有效的办法。同时还可以注意，本乡本土的声音跟全国人通用的话的声音差别在哪儿，这里头是有些规则的，找出了那些规则，改口发音就更容易了。

上一节说学好全国人通用的话。学好了这种话，无论嘴里说或是拿起笔来写，影响最广、效果最大，因为它是全国人通用的。

附带说明两点：第一点，并不是说要等学好了再说再写，应该一边学，一边说和写。咱们的实际情形正是这样。为什么还要“学”？就在乎把它学“好”。第二点，谁喜欢用本乡本土的话谈话写文章，这是自由，没有人能禁止他。不过，谁都愿意他的话和文章影响广、效果大，只要听话的人、看文章的人中间有不同地区的人，他就自然而然感觉非用全国人通用的话不可。

（1955年5月9日作）

和教师谈写作

一、想清楚然后写

想清楚然后写，这是个好习惯。养成了这个好习惯，写出东西来，人家能充分了解我的意思，自己也满意。

谁都可以问一问自己，平时写东西是不是想清楚然后写的？要是回答说不，那么写不好东西的原因之一就在这里了（当然还有种种原因）。往后就得自己努力，养成这个好习惯。

不想就写，那是没有的事。没想清楚就写，却是常有的事。自以为想清楚了，其实没想清楚，也是常有的事。

没想清楚也能写，那时候情形怎么样呢？边写边想，边想边写。这样地想，本该是动笔以前的事，现在却拿来写在纸上了。假如动笔以前这样地想，还得有所增删，有所调整，然后动笔，现在却已经成篇了。

这样写下来的东西，假如把它看做草稿，再加上增删和调整的工夫才算数，也未尝不可。事实上确也有些人肯把草稿看过一两遍，多少改动几处的。但是有两点很难避免。既然写下来了，这就是已成之局，而一般心理往往迁就已成之局，懒得作太大的改动，因此，专靠事后改动，很可能不及事先通盘考虑的好，这是一点。东西写成了，需要紧迫，得立刻拿出去，连稍微改动一下也等不及，这是又一点。有这两点，东西虽然写成，可是自己看看也不满意，至于能不能叫人家充分了解我的意思，那就更难说了。

这样说来，自然应该事先通盘考虑，就是说，应该想清楚然后写。

什么叫想清楚呢？为什么要写，该怎样写，哪些必要写，哪些用不着写，哪些写在前，哪些写在后，是不是还有什么缺漏，从读者方面着想是不是够明白了……诸如此类的问题都有了确切的解答，这才叫想清楚。

要写东西，诸如此类的问题都是非解答不可的。与其在写下草稿之后解答，不如在动笔以前解答。“凡事豫则立”，不是吗？

想清楚其实并不难，只要抓住关键，那就是为什么要写。

如果写信，为什么要写这封信？如果写报告，为什么要写这篇报告？如果写总结，为什么要写这篇总结？此外可以类推。

如果不为什么，干脆不用写。既然有写的必要，就不会不知道为什么。这个为什么好比是个根，抓住这个根想开来，不以有点儿朦胧的印象为满足，前边提到的那些问题都可以得到解答。这样地想，是思想方法上的过程，也是写作方法上的过程。写作方法跟思想方法原来是二而一的。

怕的是以有点儿朦胧的印象为满足。前边说的自以为想清楚了，其实没有想清楚，就指这种情形。

教学生练习作文，要他们先写提纲，就是要他们想清楚后写，不要随便一想就算，以有点儿朦胧的印象为满足。先写提纲的习惯养成了，一辈子受用不尽，而且受用不仅在写作方面。我们自己写东西，当然也要先想清楚，写下提纲，然后按照提纲顺次地写。提纲即使不写在纸上，也得先写在心头，那就是所谓腹稿。叫腹稿，岂不是已经成篇，不再是什么提纲了吗？不错，详细的提纲就跟成篇的东西相差不远。提纲越详细，也就是想得越清楚，写成整篇越容易，只要把扼要的一句化为充畅的几句，在需要接榫的地方适当地接上榫头就是了。

这样写下来的东西，还不能说保证可靠，得仔细看几遍，加上斟酌推敲的工夫。但是，由于已成之局的“局”基础好，大体上总不会错到哪里去。如果需要改动，也是把它改得更好些，更妥当些，而不是原稿简直要不得。

这样写下来的东西，基本上达到了要写这篇东西的目的，作者自己总不会感到太不满意。人家看了这样写下来的东西，也会了解得一清二楚，不发生误会，不觉得含糊。

想清楚然后写，朋友们如果没有这个习惯，不妨试一试，看效果怎样。

二、修改是怎么一回事

写完了一篇东西，看几遍，修改修改，然后算数，这是好习惯。工作认真的人，写东西写得比较好的人，大都有这种好习惯。语文老师训练学生作文，也要在这一点上注意，教学生在实践中养成这种好习惯。

修改究竟是怎么一回事呢？

从表面看，自然是检查写下来的文字，看看有无不妥当的地方，如果有，就把它改妥当。但是文字是语言的记录，语言妥当，文字不会不妥当，因此需要检查的，其实是语言。

怎样的语言才妥当，怎样的语言就不妥当呢？这要看有没有充分地确切地表达出所要表达的意思（也可以叫思想），表达得又充分又确切了，就是妥当，否则就是不妥当，需要改。这样寻根究底地一想，就可见需要检查的，其实是意思，检查过后，认为不妥当需要修改的，其实是意思。

这本来是自然的道理，可是很有些人不领会。常听见有人说："这篇东西基本上不错，文字上还得好好修改。"好像文字和意思是两回事，竟可以修改文字而不变更意思似的。实际上哪有这样的事？凡是修改，都是由于意思需要修改，一经修改就变更了原来的意思。

譬如原稿上几层意思是这样排列的，检查过后，发觉这样排列不妥当，须得调动一下，作那样的排列，这不是变更了原来的意思的安排吗？

譬如原稿上有这层意思，没有那层意思，检查过后，发觉这层意思用不着，应该删去，那层意思非有不可，必须补上，这不是增减了原来的意思的内容吗？增减内容就是变更意思。

譬如原稿上的这个词，这样的句式，这样的接榫，检查过后，发觉这个词不贴切，应该用那个词，这样的句式和这样的接榫不顺当，应该改成那样的句式和那样的接榫，这不是变更了原来的词句了吗？词句需要变更，不为别的，只为意思需要变更。前面说的不贴切和不顺当，都是指意思说的。你觉得"发动"这个词不好，要改"推动"，你觉得某处要加个“的”字，某处要去个“了”字，那是根据意思决定的。

说到这儿，似乎可以得到这样的理解：修改必然会变更原来的意思，不过变更有大小的不同，大的变更关涉到全局，小的变更仅限于枝节，也就是一词一句。修改是就原稿再仔细考虑，全局和枝节全都考虑到，目的在尽可能做到充分地确切地表达出所要表达的意思。实际情形不是这样吗？

这样的理解很重要。有了这样的理解，对修改就不肯草率从事。把这样的理解贯彻到实践中，才真能养成修改的好习惯。

三、把稿子念几遍

写完一篇稿子，念几遍，对修改大有好处。

报纸杂志社往往接到一些投稿，附有作者的信，信里说稿子写完之后没心思再看，现在寄给编辑同志，请编辑同志给看一看，改一改吧。我要老实不客气地说，这样的态度是要不得的。写完之后没心思再看，这表示对稿子不负责任，请编辑同志给看一看，改一改，这表示把责任推到编辑同志身上，编辑同志为什么非代你担负这个责任不可呢？

我们应该有个共同的理解，修改肯定是作者分内的事。

有人说，修改似乎没有止境，改了一遍两遍，还可以改第三遍第四遍，究竟改到怎样才算完事呢？我想，改到自己认为无可再改，那就算尽了责任了。也许水平高的人看了还可以再改，但是我没有他那样的水平，一时要达到他的水平是勉强不来的。

修改稿子不要光是“看”，要“念”，就是把全篇稿子放到口头说说看。也可以不出声念，只在心中默默地说。一路念下去，疏忽的地方自然会发现。下一句跟上一句不接气啊，后一段跟前一段连得不紧密啊，词跟词的配合照应不对头啊，句子的成分多点儿或者少点儿啊，诸如此类的毛病都可以发现。同时也很容易发现该怎样说才接气，才紧密，才对头，才不多不少，而这些发现正就是修改的办法。

曾经问过好些人，有没有把稿子念几遍的习惯，有没有依据念的结果修改稿子的习惯。有人说有，有人说没有。我就劝没有这种习惯的人不妨试试看。他们试了，其中有些人后来对我说，这个方法有效验，不管出声不出声，念下去觉得不顺当，顿住了，那就是需要修改的地方，再念几遍，修改的办法也就来了。

这是很容易理解的。念下去顺当，就因为语言流畅妥帖，而语言流畅妥帖，也就是意思的流畅妥帖。反过去，念下去不顺当，必然是语言有这样那样的疙瘩，而语言的任何疙瘩，也就是思想上的疙瘩。写东西表达意思，本来跟说一番话情形相同，所不同的仅仅在于说话用嘴，写东西用笔。因此，用念的办法——也就是用说话的办法来检验写成的稿子，最为方便而且有效。

古来文章家爱谈文气，有种种说法，似乎很玄妙。依我想，所谓文气的最实际的意义无非念下去顺当，语言流畅妥帖。念不来的文章必然别扭，就无所谓文气。现在我们不谈文气，但是我们训练学生说话作文，特别注重语言的连贯性，个个词要顺当，句句话要顺当，由此做到通体顺当。这跟古人谈文气其实相仿。语言的连贯性怎样，放到口头去说，最容易辨别出来。修改的时候“念”稿子大有好处，理由就在这里。

四、平时的积累

写任何门类的东西，写得好不好，妥当不妥当，当然决定于构思、动笔、修改那一连串的工夫。但是再往根上想，就知道那一连串的工夫之前还有许多工夫，所起的决定作用更大。那许多工夫都是在平时做的，并不是为写东西作准备的；一到写东西的时候却成了极为重要的基础。基础结实，构思、动笔、修改总不至于太差，基础薄弱，构思、动笔、修改就没有着落，成绩怎样就难说了。

写一篇东西乃至一部大著作虽然是一段时间的事，但是大部分是平时积累的表现。平时的积累怎样，写作时候的努力怎样，两项相加，决定写成的东西怎样。

现在谈谈平时的积累。

举个例子，写东西需要谈到某些草木鸟兽的形态和生活，或者某些人物的状貌和习性，是依据平时的观察和认识来写呢，还是现买现卖，临时去观察和认识来写呢？回答大概是这样：多半依据平时的观察和认识，现买现卖的情形有时也有，但是光靠临时的观察和认识总不够。因为临时的观察认识不会怎么周到和真切。达到周到和真切要靠日积月累。日积月累并不为写东西，咱们本来就需要懂得某些草木鸟兽，熟悉某些人物的。而写东西需要谈到那些草木鸟兽那些人物，那日积月累的成绩就正好用上了。一般情形不是这样吗？

无论写什么东西，立场观点总得正确，思想方法总得对头。要不然，写下来的决不会是有意义的东西。正确的立场观点是从斗争实践中得来的。立场观点正确，思想方法就容易对头。这不是写东西那时候的事，而是整个生活里的事，是平时的事。平时不错，写东西错不到哪儿去，平时有问题，写东西不会没有问题。立场观点要正确，思想方法要对头，并不为写东西，咱们在社会主义社会里做公民本来应当这样。就写东西而言，唯有平时正确和对头，写东西才会正确和对头。平时正确和对头也就是平时的积累。

写东西就得运用语言。语言运用得好不好，在于得到的语言知识确切不确切，在于能不能把语言知识化为习惯，经常实践。譬如一个词或者一句成语吧，要确切地知道它的意思而不是望文生义，还要确切地知道它在哪样的场合才适用，在哪样的场合就不适用，知道了还要用过好些回，回回都得当，才算真正掌握了那个词或者那句成语。这一批词或者成语掌握了，还有其他的词或者成语没掌握。何况语言知识的范围很广，并不限于词或者成语方面。要在语言知识方面都有相当把握，显然不是一朝一夕的事，非日积月累不可。积累得多了，写东西才能运用自如。平时的积累并不是为了此时此刻要写某一篇东西，而是由于咱们随时要跟别人互通情意，语言这个工具本来就必须掌握好。此时此刻写某一篇东西，语言运用得得当，必然由于平时的积累好。

写东西靠平时的积累，不但著作家、文学家是这样，练习作文的小学生也是这样。小学生今天作某一篇文，其实就是综合地表现他今天以前的知识、思想、语言等等方面的积累。咱们不是著作家、文学家，也不是小学生，咱们为了种种需要，经常写些东西，情形当然也是这样。为要写东西而注意平时的积累，那是本末倒置。知识、思想、语言等等方面本来需要积累，不写东西也需要积累，但是所有的积累，还是写东西的极重要的基础。

五、写东西有所为

写东西，全都有所为。如果无所为，就不会有写东西这回事。

有所为有好的一面，有不好的一面。咱们自然该向好的一面努力，对于不好的一面，就得提高警惕，引以为戒。

譬如写总结，是有所为，为的是指出过去工作的经验教训和今后工作的正确途径，借此推进今后的工作，提高今后的工作。譬如写通讯报道，是有所为，为的是使广大群众知道各方面的实况。或者是思想战线方面的，或者是生产战线方面的，借此提高大家的觉悟，鼓励大家的干劲。譬如写文艺作品，诗歌也好，小说故事也好，戏剧曲艺也好，都是有所为，为的是通过形象把一切值得表现的人和事表现出来，不仅使人家知道而已，还能使人家受到感染，不知不觉中增添了前进的活力。

要说下去还可以说许多。

就前边所举的来看，这些东西都是值得写的，所为的都是对社会主义革命、社会主义建设有好处的。从前有些文章家号召“文非有益于世不作”。现在咱们也应该号召“文非有益于世不作”，当然，咱们的“益”和“世”跟前人说的不同。咱们写东西为的是有益于社会主义之世。

所为的对头了，跟上去的就是尽可能写好。还用前边所举的例子来说，写成的总结的确有推进工作提高工作的作用，写成的通讯报道的确把某方面的实况说得又扼要又透彻，写成的文艺作品的确有感染人的力量，就叫写好。有所为里头本来包含这个要求，就是写好。如果不用力写好，或者用了力而写不好，那就是徒然怀着有所为的愿望，结果却变成无所为了。

从前号召“文非有益于世不作”的文章家看不起两类文章：一类是八股文，一类是“谀墓之文”。这两类文章他们也作，但是他们始终表示看不起。作这两类文章，为的是什么呢？为要应科举考试，取得功名利禄，就必须作八股文。为要取得些润笔（就是稿费），或者要跟人家拉拢一下，就不免作些“谀墓之文”。

八股文什么样儿，比较年轻的朋友大概没见过。这儿也不必详细说明。八股文的题目有一定的范围，该怎样说也有一定的范围，写法有一定的程式。总之，要你像模像样说一番话，实际上可不要你说一句自己的真切的话。换句话说，就是要你像模像样说一番空话，说得好就可以考上，取得功名利禄。从前统治者利用八股文来笼络人，用心的坏在此，八股精神的要不得也在此。现在不写八股文了，可是有“党八股”，有“洋八股”，这并非指八股文的体裁而言，而是指八股精神而言。凡是空话连篇，不联系实际，不解决问题，虽然不是八股文而继承着八股精神的，就管它叫“八股”。

“谀墓之文”指墓志铭、墓碑、传记之类。一个人死了，子孙要他不朽，就请人作这类文章。作文章的人知道那批子孙的目的要求，又收下了润笔，或者还有种种社会关系，就把一个无聊透顶的人写成足为典范的正人君子。这类文章有个共同的特点，满纸是假话。假话不限于“谀墓之文”，总之假话是要不得的。

从前的文章家看不起八股文和“谀墓之文”，就是不赞成说空话假话，这是很值得赞许的。但是他们为了应试，为了润笔，还不免要写他们所看不起的文章，这样的有所为，为的无非“名利”二字，那就大可批评了。现在咱们写东西要有益于社会主义之世，咱们的有所为，为的唯此一点。如果自己检查，所为的还有其他，如“名利”之类，那就必须立即把它抛弃。唯有这样严格地要求自己，才能永远不说空话假话，写下来的东西才能多少有益于社会主义之世。

六、准确·鲜明·生动

写东西全都有所为，要把所为的列举出来，那是举不尽的。归总来说，所为的有两项：一项是有什么要通知别人，一项是有什么要影响别人。假如什么也没有，就不会有写东西这回事。假如有了什么而不想通知别人或者影响别人，也不会有写东西这回事。写日记和读书笔记跟别人无关，算是例外，不过也可以这样说，那是为了通知将来的自己。

通知别人，就是把我所知道的告诉别人，让别人也知道。影响别人，就是把我所相信的告诉别人，让别人受到感染，发生信心，引起行动。无论是要通知别人还是要影响别人，只要咱们肯定写些什么总要有益于社会主义之世，就可以推知所写的必须是真话实话，不能是假话空话。假话空话对别人毫无好处，怎么可以拿来通知别人呢？假话空话对别人发生坏影响，那更糟了，怎么可以给别人坏影响呢？这样想，自然会坚决地作出判断，非写真话、实话不可。

真话实话不仅要求心里怎样想就怎样说，怎样写。譬如不切合实际的认识，不解决问题的论断，这样那样的糊涂思想，我心里的确是这样想的，就照样说出来或者写下来，这是真话实话吗？不是。真话实话还要求有个客观的标准，就是准确性。无论心里怎样想，必须所想的是具有准确性的，照样说出来或者写下来才是真话实话。不准确，怎么会“真”和“实”呢？“真”和“实”是注定跟准确连在一起的。

立场和观点正确的，一步一步推断下来像算式那样的，切合事物的实际的，足以解决问题的，诸如此类的话就是具有准确性的，就是名实相符的真话实话。

准确性这个标准极重要。发言吐语，著书立说，都需要用这个标准来衡量。具有准确性的话才是真话实话，才值得拿来通知别人，才可以拿来影响别人。

除了必须具有准确性而外，还要努力做到所写的东西具有鲜明性和生动性。

鲜明性的反面是晦涩、含糊。生动的反面是呆板、滞钝。要求鲜明性和生动性，就是要求不晦涩，不含糊，不呆板，不滞钝。这好像只是修辞方面的事，其实跟思想认识有关联。总因为思想认识有欠深入处，欠透彻处，表达出来才会晦涩、含糊。总因为思想认识还不能像活水那样自然流动，表达出来才会呆板、滞钝。这样说来，鲜明性、生动性跟准确性分不开。

所写的东西如果具有充分的准确性，也就具有鲜明性、生动性了。具有鲜明性、生动性，可是准确性很差，那样的情形是不能想象的。在准确性之外还要提出鲜明性和生动性，为的是给充分的准确性提供保证。

再就通知别人或者影响别人着想。如果写得晦涩、含糊，别人就不能完全了解我的意思，甚至会把我的意思了解错。如果写得呆板、滞钝，别人读下去只觉得厌倦，不发生兴趣，那就说不上受到感染，发生信心，引起行动。这就可见，要达到通知别人或者影响别人的目的，鲜明性和生动性也是必要的。

七、写什么

许多教师都想动动笔，写些东西，这是非常好的事情，能经常写些东西，大有好处。

写东西是怎么一回事呢？无非把所见所闻所思所感想一想，想清楚了，构成个有条有理的形式，用书面语言固定下来。那些东西在脑子里的时候往往是朦胧的，不完整的。要是不准备把它写下来，朦胧地、不完整地想过一通也就算了，过些时也许就忘了。那些东西如果是无关紧要的，随便想过一通就算，也没有什么。如果是比较有意义的，对人家或者对自己有用处的，那就非常可惜，为什么不想一想，把它想清楚呢？即使不准备写下来也可以多想几遍。构成个有条有理的形式，储藏在记忆里。但是写下来是个很有效的办法，叫你非想清楚不可。对于任何东西，不肯随便想过一通就算，非想清楚不可，这是大有价值的习惯，好处说不尽。因此，谁都应该通过经常写些东西的办法，养成这种习惯。

写什么呢？在今天，可写的东西太多了。几乎可以说，环绕着咱们的全是可写的东西，咱们所感知所领会所亲自参加的全是可写的东西。试想，思想解放，敢想敢做，领导和群众交互影响，精神面貌和实际工作的变化发展越来越快，不是值得写吗？各地普遍地兴修水利，改进耕种，创制工具，举办工业，情况各式各样，精神殊途同归，不是值得写吗？什么工程兴建了，什么矿厂投入生产了，什么地方发现丰富的矿藏了，什么地方找到极有用的野生植物了，不是值得写吗？教师最切近的是学校，就学校说，勤工俭学，教学改进，教师自己思想的不断改造，学生认识上和实践上的深刻变化，不是值得写吗？

这儿提到的这些已经不少了，可是值得写的还不止这些。那么，究竟选哪些题目来写好呢？简单地说，自问了解得比较确切的，感受得比较深刻的，就是适于写的题目。自问了解得不怎么确切，感受得不怎么深刻，虽然是值得写的题目也不要勉强写。这样选题目写东西，可以得到写东西的好处，像前边所说的，而且所写的东西多少总有益于社会主义之世，像前几篇短文里谈到的。

经常写些东西，语文教师更有必要。语文教师要给学生讲解课文，要指导学生练习作文，要批改学生的作文，这些工作全都涉及文章的思想内容和表达方式。做好这些工作，平时要深入学习教育的方针和政策，努力钻研教学的原理和方法。如果经常能用心写些东西，这些工作将会做得更好。自己动手写，最能体会到写文章的甘苦。自己的真切的体会跟语文教学结合起来，讲解就会更透彻，指导就会更恰当。常言道，熟能生巧，经常写些东西，就是达到“熟”的一个重要法门。

八、挑能写的题目写

前一回我说值得写的题目很多，要挑了解得比较确切的，感受得比较深刻的来写。为什么这样说呢？

某个题目值得写是一回事，那个题目我能不能写又是一回事。譬如，创造新农具改良旧农具的事，目前正像风起云涌，这当然是个值得写的题目。我能不能写呢？那要看我了解得怎样。如果我了解一两种农具创制或改良的实际情形，或者了解创制或改良的一般倾向和所得效益，就能写。如果都不甚了了，就不能写。又如，参加修建十三陵水库的义务劳动，这当然是个值得写的题目。我能不能写呢？那要看我感受得怎样。如果我从集体劳动中确有体会，或者从工地上的某个场面受到深切的感动，就能写。如果没有什么体会，也并不怎样感动，就不能写。

总之，不但要挑值得写的题目，还要问那个题目自己能不能写。题目既然值得写，自己又能写，写起来就错不到哪儿去。辨别能不能写，只要问自己对那个题目是否了解得比较确切，感受得比较深刻。

了解和感受还没到能写的程度，只为题目值得写就写，这样的事也往往有。有时候一动手立刻碰到困难，一支笔好像干枯的泉源，渗不出一滴水来。还是用前边举过的例子来说。譬如写创制农具或改良农具的事，那农具的构造怎样，原理怎样，效用怎样，全都似懂非懂，不大清楚，那怎能写下去呢？又如写参加修建十三陵水库的事，除了“热烈”“伟大”“紧张”之类的形容词再没有什么感受可说的，专用一些形容词怎能成篇呢？存心要写这两个题目，当然有办法：暂且把笔放下，再去考察农具的创制或改良的实际情形，再去十三陵好好儿劳动几天。“再去”之后，有了了解和感受，自然就能写了。

题目虽然值得写，作者了解得不怎么确切，感受得不怎么深刻，就没法写。没法写而硬要写，那不是练习写东西的好办法，得不到练习的好处。咱们要养成这么一种习惯，非了解得比较确切不写，非感受得比较深刻不写，这才练习一回有一回的长进。（这儿用“练习”这个词，不要以为小看了咱们自己。咱们要学生练习作文，咱们自己每一回动笔，其实也是练习的性质。谁敢说自己写东西已经达到神乎其技的地步，从整个内容到一词一句全都无懈可击呢？）

写东西总是准备给人家读的，所以非为读者着想不可。读者乐意读的正是咱们的了解和感受。道理很简单，他们读了咱们所写的东西，了解了咱们所了解的，感受了咱们所感受的，思想感情起了交流作用，经验范围从而扩大了，哪有不乐意的？咱们不妨站在读者的地位问一问自己：如果自己是读者，对自己正要写的那篇东西是不是乐意读？读了是不是有一些好处？如果是的，写起来更可以保证错不到哪儿去。

（这一组八篇文章，是作者1958年应《教师报》约请而写的，原载在《教师报》副刊。刊发的日期是4月11日、18日、25日，5月2日、9日、16日，6月27日，7月4日）

学习写作的方法

学习写作的方法，大家知道，该从阅读和习作两项入手。就学习写作的观点说，阅读不仅在明白书中说些什么，更须明白它对于那些“什么”是怎么说的。譬如读一篇记述东西的文字，假定是韩愈的《画记》，要看出它是把画面的许多人和物分类记述的；更要看出像它这样记述，人和物的类别和姿态是说明白了，但人和物在画面的位置并没有顾到；更要明白分类记述和记明位置是不能兼顾的，这便是文字效力的限制，一篇文字不比一张照片。又如读一篇抒写情绪的文字，假定是朱自清的《背影》，要看出它叙述车站上的离别全在引到父亲的背影，父亲的背影是感动作者最深的一个印象，所以凡与此无关的都不叙述；更要看出篇中所记父亲的话都与父亲的爱子之心有关，也就是与背影有关，事实上离别时候父亲决不只说这些话，而文中仅记这些，这便是选择的工夫；更要看出这一篇抒写爱慕父亲的情绪全从叙事着手，若不叙事，而仅说父亲怎么怎么可以爱慕，虽然说上一大堆，其效果决不及这一篇，因为太空泛、太不着边际了，抒情须寄托在叙事中间，这是个重要的原则。阅读时候看出了这些，对于写作是有用的。不是说凡作记述东西的文字都可以用《画记》的方法，凡作抒写情绪的文字都可以用《背影》的方法；但如果你所要写的正与《画记》或《背影》情形相类，你就可以采用它的方法；或者有一部分相类，你就可以酌取它的方法；或者完全不相类，你就可以断言决不该仿效它的方法。

以上说的《画记》和《背影》都是合式的成品的文字；阅读时候假如用心的话，即使遇到不合式不成品的文字，也可以在写作方面得到益处。那益处在看出它的毛病；自己看得出人家的毛病，当然可以随时检察自己，不犯同样的毛病。譬如，我近来收到一本杂志，中间有一篇小说，开头一节只有一句话："是一个零星点点的晨曦。"曦是日色、日光，晨曦是朝晨的阳光，朝晨的阳光怎么能用"零星点点的"来形容它呢？我想了一想，明白了，作者把晨曦误认作朝晨了；他的意思是那时间是清早，天上的星还没有完全隐没，所以说"是零星点点的晨曦"。他的毛病是用错词儿。我得了这个经验，写作的时候便可以随时检察自己，看文字中有没有用错词儿，把甲义的词儿误认作乙义的。那篇小说的第二节是以下的话：

> 在某某司令部的会议室中，集合着一群雄赳赳气昂昂的男女好汉——都是不怕牺牲、精忠报国的青年。

看了这一节，我就想：一篇表白欢情的文字，也许找不到一个欢喜或快乐，一篇表白悲感的文字，不一定把悲伤、哀痛等词儿写上一大堆；只要用了叙述和描写，把引起欢情或悲感的经过曲曲达出，在作者便是抒写了他的情绪；读者读了，便起了共鸣，也感到可喜或可悲。同样的情形，一群男女青年是“雄赳赳气昂昂的”，是“不怕牺牲、精忠报国的”，只要用叙述和描写，把他们的思想、言语、姿态、行动曲曲达出，让人家读了，自己感到他们是“雄赳赳气昂昂的”，是“不怕牺牲、精忠报国的”就是了。何必预先来一个说明呢？倘若后文的叙述和描写没有达出这些，虽经预先说明，人家还是感觉不到。倘若后文的叙述和描写果能达出这些，这预先说明也是多事，不但不增加什么效果，反而是全篇的一个小小疵点。作者的毛病是误认说明可以代替表现。我得了这个经验，写作时候便可以随时检查自己，看文字中有没有该用表现的地方而用了说明的，有没有写了一大堆却不能使人家感觉到什么的。阅读如能这样随时留心，不但不合式不成品的文字对于咱们写作方面有益处，就是一张广告（如某种肥皂的广告上写道："完全国产，冠于洋货"）、一个牌示（如某浮桥旁边县政府的牌示道："通过时不得互相拥挤，以免发生危险"），也是咱们研摩的好资料。

至于习作，最好在实用方面下工夫。说清楚一点，就是为适应生活上的需要而写作，同时便认真地学习写作。如有信要写，有笔记要记，有可叙的事情要叙出来，有可说的情意要达出来，那时候千万不要放过，必须准备动笔。动笔以前，又必须仔细料量，这信该怎么写，这笔记该怎么记，这事情该怎么叙，这情意该怎么达；料量停当，然后下笔。完篇以后，又必须自己考核，这信是不是正是你所要写的，这笔记是不是正是你所要记的，这文字是不是正叙出了你要叙的事情，这文字是不是正达出了你所要达的情意；考核下来，若是正是的，就实用说，你便写成了适应需要的文字；就学习说，你便增多了一回认真的历练。咱们当需要说话的时候，就能开口说话，因为咱们从小养成了这个习惯。若是从小受到禁遏，习惯没有养成，说话就没有这么便当了，甚而至于要不会说话。咱们学习写作，也要像说话一样养成习惯，凡遇到需要写作的时候，就提笔写作，错过需要写作的机会，便是自己对自己的禁遏。一回错过，两回错过，禁遏终于成功；于是你觉得一支笔有千斤般重，搜尽肚肠好像没有一点东西可以写的，你不会写作了。

提笔真是一件非常艰难的事情吗？并不。你所以不会写作，只因为你没有养成写作的习惯，养成写作的习惯并不难，不过是要写就写，不要错过机会而已。你如果抱定宗旨，要写就写，那你的写作机会一定不少，几乎每天可以遇到。读一本书，得到一点意思，经历一件事，悟出一个道理，写朋友谈话，自己或朋友说了有意义的话，参加一个集会，那景况给予自己一种深刻的印象，参观一处地方，那地方的种种对自己都是新鲜的、有兴味的，这些时候，不都是你的写作机会吗？若把这些并在一起，通通写下来，便是日记。有些人常常劝人写日记，其一部分的理由就在写日记便不致错过写作的机会；并不是教人写那什么时候起身什么时候睡觉的刻板账。若把这些分开来，或单写读书得到的意思，或单写从事情中悟出的道理，便是或长或短的单篇文字。那时候你提起笔来，一定觉得你所要写的就在意念之中，而不在遥远不可知的地方；所以你不必沉入虚浮的幻想，也不致陷入惶惑的迷阵，只须脚踏实地，一步步走去就是。这样成了习惯，别的成就且不说，至少你的文字不会有空洞、浮夸、糊涂、诞妄等等毛病了。

（本文摘自《写作是极平常的事》。该文主要讲记笔记、写信和作文等问题，载1941年11月5日《中学生》战时半月刊第50期，这里摘取该文讲写作方法的部分，所以改用这个题目）

拿起笔来之前

写文章这一件事儿，可以说难，也可以说不难。并不是游移不决说两面话，实情是这么样。难不难决定在动笔以前的准备工夫怎么样。准备工夫够了，要写就写，自然合拍，无所谓难。准备工夫一点也没有，或者有一点，可是太不到家了，拿起笔来样样都得从头做起，那当然很难了。

现在就说说准备工夫。

在实际生活里养成精密观察跟仔细认识的习惯，是一种准备功夫。不为写文章，这么样的习惯本来也得养成。如果养成了，对于写文章太有用处了。你想，咱们常常写些记叙文章，讲到某些东西，叙述某些事情，不是全都依靠观察跟认识吗？人家说咱们的记叙文章写得好，又正确，又周到。推究到根柢，不是因为观察跟认识好才写得好吗？

在实际生活里养成推理下判断都有条有理的习惯，又是一种准备工夫。不为写文章，这么样的习惯本来也得养成。如果养成了，对于写文章太有用处了。你想，咱们常常写些论说文章，阐明某些道理，表示某些主张，不是全都依靠推理下判断吗？人家说咱们的论说文章写得好，好像一张算草，一个式子一个式子等下去，不由人不信服。推究到根柢，不是因为推理下判断好才写得好吗？

推广开来说，所有社会实践全都是写文章的准备工夫。为了写文章才有种种的社会实践，那当然是不通的说法。可是，没有社会实践，有什么可以写的呢？

还有一种准备工夫必得说一说，就是养成正确的语言习惯。语言本来应该求其正确，并非为了写文章才求其正确，不为写文章就可以不正确。而语言跟文章的关系又是非常密切的，即使说成二而一，大概也不算夸张。语言是有声无形的文章，文章是有形无声的语言，这样的看法是大家可以同意的吗？既然是这样，语言习惯正确了，写出来的文章必然错不到哪儿去；语言习惯不良，就凭那样的习惯来写文章，文章必然好不了。

什么叫作正确的语言习惯？可以这么样说：说出来的正是想要说的，不走样，不违背语言的规律。做到这个地步，语言习惯就差不离了。所谓不走样，就是语言刚好跟心思一致。想心思本来非凭借语言不可，心思想停当了，同时语言也说妥当了，这就是一致。所谓不违背语言的规律，就是一切按照约定俗成的办。语言好比通货，通货不能各人发各人的，必须是大家公认的通货才有价值。以上这两层意思虽然分开说，实际上可是一贯的。想心思凭借的语言必然是约定俗成的语言，决不能是只此一家的语言。把心思说出来，必得用约定俗成的语言才能叫人家明白。就怕在学习语言的时候不大认真，自以为这样说合上了约定俗成的说法，不知道必须说成那样才合得上；往后又不加检查，一直误下去，得不到纠正。在这种情形之下，语言不一定跟心思一致了；还不免多少违背了语言的规律。这就叫作语言习惯不良。

从上一段话里，可以知道语言的规律不是什么深奥奇妙的东西；原来就是约定俗成的那些个说法，人人熟习，天天应用。一般人并不把什么语言的规律放在心上，他们只是随时运用语言，说出去人家听得明白，依据语言写文章，拿出去人家看得明白。所谓语言的规律，他们不知不觉地熟习了。不过，不知不觉的熟习不能保证一定可靠，有时候难免出错误。必须知其然又知其所以然，把握住规律，才可以巩固那些可靠的，纠正那些错误的，永远保持正确的语言习惯。学生要学语言规律的功课，不上学的人最好也学一点，就是这个道理。

现在来说说学一点语言的规律。不妨说得随便些，就说该怎样在这上头注点儿意吧。该注点儿意的有两个方面：一是语汇，二是语法。

人、手、吃、喝、轻、重、快、慢、虽然、但是、这样、那样……全都是语汇，在心里是意念的单位，在语言里是构成语句的单位。对于语汇，最要紧的自然是了解它的意义。一个语汇的意义，孤立地了解不如从运用那个语汇的许多例句中去了解来得明确。如果能取近似的语汇来作比较就更好。譬如“观察”跟“视察”，“效学”跟“效尤”，意义好像差不多；收集许多例句在手边（不一定要记录在纸上，想一想平时自己怎样说的，人家怎样说的，书上怎样写的，也是收集），分别归拢来看，那就不但了解每一个语汇的意义，连各个语汇运用的限度也清楚了。其次，应该清楚地了解两个语汇彼此能不能关联。这当然得就意义上看。由于意义的限制，某些语汇可以跟某些语汇关联，可是决不能跟另外的某些语汇关联。譬如“苹果”可以跟吃、采、削关联，可是跟喝、穿、戴无论如何联不起来，那是小孩也知道的。但是跟“目标”联得起来的语汇是做到还是达到，还是两个都成或者两个都不成，就连成人也不免踌躇。尤其在结构繁复的句子里，两个相关的语汇隔得相当远，照顾容易疏忽。那必须掌握语句的脉络，熟习语汇跟语汇意义上的配搭，才可以不出岔子。再其次，下一句话跟上一句话连接起来，当然全凭意义，有时候需用专司连接的语汇，有时候不需用。对于那些专司连接的语汇，得个个咬实，绝不乱用。提出假设，才来个“如果”。意义转折，才来个“可是”或者“然而”。准备说原因了，才来个“因为”。准备作结语了，才来个“所以”。还有，说“固然”，该怎样照应，说“不但”，该怎样配搭，诸如此类，都得明白。不能说那些个语汇经常用，用惯了，有什么稀罕；要知道唯有把握住规律，才能保证用一百次就一百次不错。

咱们说“吃饭”“喝水”，不能说“饭吃”“水喝”。意思是我佩服你，就得说“我佩服你”，不能说“你佩服我”；意思是你相信他，就得说“你相信他”，不能说“他相信你”。“吃饭”“喝水”合乎咱们语言的习惯；“我佩服你”“你相信他”主宾分明，合乎咱们的本意：这就叫作合乎语法。语法是语句构造的方法。那方法不是由谁规定的，也无非是个约定俗成。对于语法要注点儿意，先得养成剖析句子的习惯。说一句话，必然有个对象，或者说“我”，或者说“北京”，或者说“中华人民共和国”，如果什么对象也没有，话也不用说了。对象以明白说出来的居多；有时因为前面已经说过，或者因为人家能够理会，就略去不说。无论说出来不说出来，要剖析，就必须认清楚说及的对象是什么。单说个对象还不成一句话，还必须对那个对象说些什么。说些什么，那当然千差万别，可是归纳起来只有两类。一类是说那对象怎样，可以举“中华人民共和国成立了”作例子，“成立了”就是说“中华人民共和国”怎样。又一类是说那对象是什么，可以举“北京是中华人民共和国的首都”作例子，“是中华人民共和国的首都”就是说北京是什么。

在这两个例子中，哪个是对象的部分，哪个是怎样或者是什么的部分容易剖析，好像值不得说似的。但是咱们说话并不老说这么简单的句子，咱们还要说些个繁复的句子。就算是简单的句子吧，有时为了需要，对象的部分，怎样或者是什么的部分，也得说上许多东西才成，如果剖析不来，自己说就说不清楚，听人家说就听不清楚。譬如“以美国为首的帝国主义者侵略朝鲜的行动正在严重地威胁着中国的安全”这句话，咱们必须能够加以剖析，知道这句话说及的对象是行动，行动以上全是说明行动的非要不可的东西。这个行动怎样呢？这个行动“威胁着中国的安全”；“正在”说明威胁的时间，“严重地”说明威胁的程度，也是非要不可的。至于繁复的句子，好像一个用许多套括弧的算式。你必须明白那个算题的全部意义才写得出那样的一个算式；你必须按照那许多套括弧的关系，才算得出正确的答数。由于排版不方便，这儿不举什么例句，给加上许多套括弧，写成算式的模样了；只希望读者从算式的比喻理会到剖析繁复的句子十分重要。

能够剖析句子，必然连带地知道其他一些道理。譬如，说及的对象一般在句子的前头，可是不一定在前头：这就是一个道理。在“昨晚上我去看老张”这句话里，说及的对象是“我”不是“昨晚上”，在前的“昨晚上”说明去看的时间。繁复的句子里往往包含几个分句，除开轻重均等的以外，重点都在后头：这又是一个道理。像“读书人家的子弟熟悉笔墨，木匠的儿子会玩斧凿，兵家儿早识刀枪”这句话，是三项均等的，无所谓轻重。像：“我们不但善于破坏一个旧世界，我们还将善于建设一个新世界。”“宁可将可作小说的材料缩成速写，决不将速写材料拉成小说。”“如果我们不学习群众的语言，我们就不能领导群众。”“我们有很多同志，虽然天天处在农村中，甚至自以为了解农村，但是他们并没有了解农村。”“即使人家不批评我们，我们也应该自己检讨。”（以上六句例句是从吕叔湘、朱德熙两位先生的《语法修辞讲话》里抄来的，见六月二十日的《人民日报》）这几句话的重点都在后头，说前头的，就为加强后头的分量。如果径把重点说出，原来在前头的就不用说了。已经说了“我们将善于建设一个新世界”，底下还用说“我们善于破坏一个旧世界”吗？要说也连不上了。知道了以上那些道理，对于说话听话，对于写文章看文章，都是很有用处的。

开头说准备工夫，说到养成正确的语言习惯就说了一大串。往下文章差不多要结束了，回到准备工夫上去再说几句。

以上说的那些准备工夫全都是属于养成习惯的。习惯总得一点一点地养成。临时来一下，过后就扔了，那养不成习惯。而且临时来一下必然不能到家。平时心粗气浮，对于外界的事物，见如不见，闻如不闻，也就说不清所见所闻是什么。有一天忽然为了要写文章，才有意去精密观察一下，仔细认识一下，这样的观察和认识，成就必然有限，必然比不上平时能够精密观察仔细认识的人。写成一篇观察得好认识得好的文章，那根源还在于平时有好习惯，习惯好，才能够把文章的材料处理好。

平时想心思没条没理，牛头不对马嘴的，临到拿起笔来，即使十分审慎，定计划、写大纲，能保证写成论据完足、推阐明确的文章吗？

平时对于语汇认不清它的确切意义，对于语法拿不稳它的正确结构，平时说话全是含糊其词，似是而非，临到拿起笔来，即使竭尽平生之力，还不是跟平时说话半斤八两吗？

所以，要文章写得像个样儿，不该在拿起笔来的时候才问该怎么样，应该在拿起笔来之前多做准备工夫。准备工夫不仅是写作方面纯技术的准备，更重要的是实际生活的准备，不从这儿出发就没有根。急躁是不成的，秘诀是没有的。实际生活充实了，种种习惯养成了，写文章就会像活水那样自然地流了。

（原载1951年7月14日《中国青年》第17期）

开头和结尾

写一篇文章，预备给人家看，这和当众演说很相像，和信口漫谈却不同。当众演说，无论是发一番议论或者讲一个故事，总得认定中心，凡是和中心有关系的才容纳进去，没有关系的，即使是好意思、好想象、好描摹、好比喻，也得丢掉。一场演说必须是一件独立的东西。信口漫谈可就不同。几个人的漫谈，说话像藤蔓一样爬开来，一忽儿谈这个，一忽儿谈那个，全体没有中心，每段都不能独立。这种漫谈本来没有什么目的，话说过了也就完事了。若是抱有目的，要把自己的情意告诉人家，用口演说也好，用笔写文章也好，总得对准中心用工夫，总得说成或者写成一件独立的东西。不然，人家就会弄不清楚你在说什么写什么，因而你的目的就难达到。

中心认定了，一件独立的东西在意想中形成了，怎样开头怎样结尾原是很自然的事，不用费什么矫揉造作的工夫了。开头与结尾也是和中心有关系的材料，也是那独立的东西的一部分，并不是另外加添上去的。然而有许多人往往因为习惯不良或者少加思考，就在开头和结尾的地方出了毛病。在会场里，我们时常听见演说者这么说："兄弟今天不曾预备，实在没有什么可以说的。"演说完了，又说："兄弟这一番话只是随便说说的，实在没有什么意思，要请诸位原谅。"谁也明白，这些都是谦虚的话。可是，在说出来之前，演说者未免少了一点思考。你说不曾预备，没有什么可以说的，那么为什么要踏上演说台呢？随后说出来的，无论是三言两语或者长篇大论，又算不算可以说的呢？你说随便说说，没有什么意思，那么刚才的一本正经，是不是逢场作戏呢？自己都相信不过的话，却要说给人家听，又算是一种什么态度呢？如果这样询问，演说者一定会爽然自失，回答不出来。其实他受的习惯的累，他听见人家演说这么说，自己也就这么说，说成了习惯，不知道这样的头尾对于演说是并没有帮助，反而有损害的。不要这种无谓的谦虚，删去这种有害的头尾，岂不干净而有效得多？还有，演说者每每说："兄弟能在这里说几句话，十分荣幸。"这是通常的含有礼貌的开头，不能说有什么毛病。然而听众听到，总不免想："又是那老套来了。"听众这么一想，自然而然把注意力放松，于是演说者的演说效果就跟着打了折扣。什么事都如此，一回两回见得新鲜，成为老套就嫌乏味。所以老套以能够避免为妙。演说的开头要有礼貌，应该找一些新鲜而又适宜的话来说，原不必按照着公式，说什么“兄弟能在这里说几句话，十分荣幸”。

各种体裁的文章里头，书信的开头和结尾差不多是规定的。书信的构造通常分作三部分；除第二部分叙述事务，为书信的主要部分外，第一部分叫作前文，就是开头，内容是寻常的招呼和寒暄，第三部分叫作后文，就是结尾，内容也是招呼和寒暄，这样构造原本于人情，终于成为格式。从前的书信往往有前文后文非常繁复，竟至超过了叙述事务的主要部分的。近来流行简单的了，大概还保存着前文后文的痕迹。有一些书信完全略去前文后文，使人读了感到一种隽妙的趣味。不过这样的书信宜于寄给亲密的朋友。如果寄给尊长或者客气一点的朋友，还是依从格式，具备前文后文，才见得合乎礼仪。

记述文记述一件事物，必得先提出该事物，然后把各部分分项写下去。如果一开头就写各部分，人家就不明白你在说什么了。我曾经记述一位朋友赠我的一张华山风景片。开头说：“贺昌群先生游罢华山，寄给我一张十二寸的放大片。”又如魏学洢的《核舟记》，开头说：“明有奇巧人曰王叔远，能以径寸之木为宫室、器皿、人物以至鸟、兽、木、石，罔不因势象形，各具情态。尝贻余核舟一，盖大苏泛赤壁云。”不先提出“寄给我一张十二寸的放大片”以及“尝贻余核舟一”，以下的文字事实上没法写的。各部分记述过了，自然要来个结尾。像《核舟记》统计了核舟所有人物器具的数目，接着说“而计其长曾不盈寸，盖简桃核修狭者为之”。这已非常完整，把核舟的精巧表达得很明显了。可是作者还要加上另外一个结尾，说：

> 魏子详瞩既毕，诧曰：嘻，技亦灵怪矣哉！《庄》《列》所载称惊犹鬼神者良多，然谁有游削于不寸之质而须麋了然者？假有人焉，举我言以复于我，亦必疑其诳，乃今亲睹之。由斯以观，棘刺之端未必不可为母猴也。嘻，技亦灵怪矣哉！

这实在是画蛇添足的勾当。从前人往往欢喜这么做，以为有了这一发挥，虽然记述小东西，也可以即小见大。不知道这么一个结尾以后的结尾，无非说明那个桃核极小而雕刻极精，至可惊异罢了。而这是不必特别说明的，因为全篇的记述都在暗示着这层意思。作者偏要格外讨好，反而教人起一种不统一的感觉。我那篇记述华山风景片的文字，没有写这种“结尾以后的结尾”，在写过了照片的各部分之后，结尾说：“这里叫作长空栈，是华山有名的险峻处所。”用点明来收场，不离乎全篇的中心。

叙述文叙述一件事情，事情的经过必然占着一段时间，依照时间的顺序来写，大致不会发生错误。这就是说，把事情的开端作为文章的开头，把事情的收梢作为文章的结尾。多数的叙述文都用这种方式，也不必举什么例子。又有为要叙明开端所写的事情的来历和原因，不得不回上去写以前时间所发生的事情。这样把时间倒错了来叙述，也是常见的。如丰子恺的《从孩子得到的启示》，开头写晚上和孩子随意谈话，问他最欢喜什么事，孩子回答说是逃难。在继续了一回问答之后，才悟出孩子所以欢喜逃难的缘故。如果就此为止，作者固然明白了，但是读者还没有明白。作者要使读者也明白孩子为什么欢喜逃难，就不得不用倒错的叙述方式，回上去写一个月以前的逃难情形了。在近代小说里，倒错叙述的例子很多，往往有开头写今天的事情，而接下去却写几天前几月前几年前的经过的。这不是故意弄什么花巧，大概由于今天这事情来得重要，占着主位，而从前的经过处于旁位，只供点明脉络之用的缘故。

说明文大体也有一定的方式。开头往往把所要说明的事物下一个诠释，立一个定义。例如说明自由，就先从什么叫作自由入手。这正同小学生作房屋的题目用“房屋是用砖头木材建筑起来的”来开头一样。平凡固然平凡，然而是文章的常轨，不能说这有什么毛病。从下诠释、立定义开了头，接下去把诠释和定义里的语义和内容推阐明白，然后来一个结尾，这样就是一篇有条有理的说明文。蔡元培的《我的新生活观》可以说是适当的例子。那篇文章开头说：

> 什么叫作旧生活？是枯燥的，是退化的。什么叫作新生活？是丰富的，是进步的。

这就是下诠释、立定义。接着说旧生活的人不做工又不求学，所以他们的生活是枯燥的、退化的，新生活的人既要做工又要求学，所以他们的生活是丰富的、进步的。结尾说如果一个人能够天天做工求学，就是新生活的人，一个团体里的人能够天天做工求学，就是新生活的团体，全世界的人能够天天做工求学，就是新生活的世界。这见得做工求学的可贵，新生活的不可不追求。而写作这一篇的本旨也就在这里表达出来了。

再讲到议论文。议论文虽有各种，总之是提出自己的一种主张。现在略去那些细节不说，单说怎样把主张提出来，这大概只有两种开头方式。如果所论的题目是大家周知的，开头就把自己的主张提出来，这是一种方式。譬如今年长江、黄河流域都闹水灾，报纸上每天用很多的篇幅记载各处的灾况，这可以说是大家周知的了。在这时候要主张怎样救灾、怎样治水，尽不妨开头就提出来，更不用累累赘赘先叙述那灾况怎样地严重。如果所论的题目在一般人意想中还不很熟悉，那就先把它述说明白，让大家有一个考量的范围，不至于茫然无知，全不接头，然后把自己的主张提出来，使大家心悦诚服地接受，这是又一种方式。胡适的《不朽》是这种方式的适当的例子。不朽含有怎样的意义，一般人未必十分了然，所以那篇文章的开头说：

> 不朽有种种说法，但是总括看来，只有两种说法是真有区别的。一种是把“不朽”解作灵魂不灭的意思，一种就是《春秋左传》上说的“三不朽”。

这就是指明从来对于不朽的认识。以下分头揭出这两种不朽论的缺点，认为对于一般的人生行为上没有什么重大的影响。到这里，读者一定盼望知道不朽论应该怎样才算得完善。于是作者提出他的主张所谓“社会的不朽论”来。在列举了一些例证，又和以前的不朽论比较了一番之后，他用下面的一段文字作结尾：

> 我这个现在的“小我”，对于那永远不朽的“大我”的无穷过去，须负重大的责任；对于那永远不朽的“大我”的无穷未来，也须负重大的责任。我须要时时想着，我应该如何努力利用现在的“小我”，方才可以不辜负了那“大我”的无穷过去，方才可以不贻害那“大我”的无穷未来？

这是作者的“社会的不朽论”的扼要说明，放在末了，有引人注意、促人深省的效果。所以，就构造说，这实在是一篇完整的议论文。

普通文的开头和结尾大略说过了，再来说感想文、描写文、抒情文、记游文以及小说等所谓文学的文章。这类文章的开头，大别有冒头法和破题法两种。冒头法是不就触到本题，开头先来一个发端的方式。如茅盾的《都市文学》，把“中国第一大都市，‘东方的巴黎’——上海，一天比一天‘发展’了”作为冒头，然后叙述上海的现况，渐渐引到都市文学上去。破题法开头不用什么发端，马上就触到本题。如朱自清的《背影》，开头说“我与父亲不相见已二年余了，我最不能忘记的是他的背影”，就是一个适当的例子。

曾经有人说过，一篇文章的开头极难，好比画家对着一张白纸，总得费许多的踌躇，去考量应该在什么地方下第一笔。这个话其实也不尽然。有修养的画家并不是画了第一笔再斟酌第二笔的，在一笔也不曾下之前，对着白纸已经考量停当，心目中早就有了全幅的布置了。布置既定，什么地方该下第一笔原是摆好在那里的事。作文也是一样。作者在一个字也不曾写之前，整篇文章已经活现在胸中了。这时候，该用什么方法开头，开头该用怎样的话，也都派定注就，再不必特地用什么搜寻的工夫。不过这是指有修养的人而言。如果是不能预先统筹全局的人，开头的确是一件难事。而且，岂只开头而已，他一句句一段段写下去将无处不难。他简直是盲人骑瞎马，哪里会知道一路前去撞着些什么。

文章的开头犹如一幕戏剧刚开幕的一刹那的情景，选择得适当，足以奠定全幕的情调，笼罩全幕的空气，使人家立刻把纷乱的杂念放下，专心一志看那下文的发展。如鲁迅的《秋夜》，描写秋夜对景的一些奇幻峭拔的心情，用如下的文句来开头：

在我的后园，可以看见墙外有两株树。一株是枣树，还有一株也是枣树。

“还有一株也是枣树”是并不寻常的说法，拗强而特异，足以引起人家的注意，而以下文章的情调差不多都和这一句一致。又如茅盾的《雾》，用“雾遮没了正对着后窗的一带山峰”来开头，全篇的空气就给这一句凝聚起来了。以上两例都属于显出力量的一类。另有一种开头，淡淡着笔，并不觉得有什么力量，可是同样可以传出全篇的情调，范围全篇的空气。如龚自珍的《记王隐君》，开头说：

于外王父段先生废簏中见一诗，不能忘。于西湖僧经箱中见书《心经》，蠹且半，如遇簏中诗也，益不能忘。

这个开头只觉得轻松随便，然而平淡而有韵味，一来可以暗示下文所记王隐君的生活，二来先行提出书法，可以作为下文访知王隐君的关键，仔细吟味，真有说不尽的妙趣。

现在再来说结尾。在略知文章甘苦的人一定有这么一种经验：找到适当的结尾，好像行路的人遇到了一处适合的休息场所，在这里他可以安心歇脚，舒舒服服地停止他的进程。若是找不到适当的结尾而勉强作结，就像行路的人歇脚在日晒风吹的路旁，总觉得不是个妥当的地方。至于这所谓找，当然要在计划全篇的时候做，结尾和开头和中部都得在动笔之前有了成竹。如果待临时再找，也不免有盲人骑瞎马的危险。

结尾是文章完了的地方，但结尾最忌的却是真个完了。要文字虽完了而意义还没有尽，使读者好像嚼橄榄，已经咽了下去而嘴里还有余味；又好像听音乐，已经到了末拍而耳朵里还有余音，那才是好的结尾。归有光的《项脊轩志》的跋尾既已叙述了他的妻子与项脊轩的因缘，又说了修葺该轩的事，末了说：

> 庭有枇杷树，吾妻死之年所手植也，今已亭亭如盖矣。

这个结尾很好。骤然看去，也只是记叙庭中的那株枇杷树罢了，但是仔细吟味起来，这里头有物在人亡的感慨，有死者渺远的惆怅。虽则不过一句话，可是含蓄的意义很多，所谓余味、余音就指这样的情形而言。我曾经作一篇题名《遗腹子》的小说，叙述一对夫妇只生女孩不生男孩，在绝望而纳妾之后，大太太居然生了一个男孩；但不久那个男孩就病死了，于是丈夫伤心得很，一晚上喝醉了酒，跌在河里淹死了；大太太发了神经病，只说自己肚皮里又怀了孕，然而遗腹子总是不见产生。到这里，故事已经完毕，结句说：

这时候，颇有些人来为大小姐二小姐说亲了。

这句话有点冷隽，见得后一代又将踏上前一代的道路，生男育女，盼男嫌女，重演那一套把戏，这样传递下去，正不知何年何代才休歇呢。我又有一篇小说叫作《风潮》，叙述中学学生因为对一个教师的反感，做了点越规行动，就有一个学生被除了名；大家的义愤和好奇心就此不可遏制，捣毁校具，联名退学，个个人都自视为英雄。到这里，我的结尾是：

路上遇见相识的人，问他们做什么时，他们用夸耀的声气回答道，“我们起风潮了！”

这样结尾把全篇停止在最热闹的情态上，很有点儿力量，“我们起风潮了”这句话如闻其声，这里头含蓄着一群学生在极度兴奋时种种的心情。以上是我所写的比较满意的两篇小说的结尾，现在附带提起，作为带有余味、余音的例子。

结尾有回顾开头的一式，往往使读者起一种快感：好像登山涉水之后，重又回到原来的出发点，坐定下来，得以转过头去温习一番刚才经历的山水一般。极端的例子是开头用的什么话结尾也用同样的话。如林嗣环的《口技》，开头说：

> 京中有善口技者。会宾客大宴，于厅事之东北隅施八尺屏幛，口技人坐屏幛中，一桌、一椅、一扇、一抚尺而已。

结尾说：

> 忽然抚尺一下，众响毕绝。撤屏视之，一人、一桌、一椅、一扇、一抚尺而已。

前后同用“一桌、一椅、一扇、一抚尺而已”，把设备的简单冷落反衬表演口技的繁杂热闹，使人读罢了还得凝神去想。如果只写到“忽然抚尺一下，众响毕绝”，虽没有什么不通，然而总觉得这样还不是了局呢。

（原载1935年10月1日《中学生》第58号）

谈叙事

照理说，凭着可见可知的事物说话作文，只要你认得清楚，辨得明白，说来写来该不会有错。

所谓可见可知的事物是已经存在的，或是已经发生的。好比一件东西摆在你面前，不用你自己创造出什么东西，可说可写的全在它自己身上。

虽说事物摆在面前，但是不一定就说得成写得成。事物两字是总称，分开来成两项，一项是经历一段时间的事，一项是占据一块空间的物。要把事与物化为语言文字说出来写出来，使人家闻而可知，见而可晓，说话作文的人先得下化的工夫。如果化不来或者化不好，虽然事物摆在面前，现成不过，还是说不成写不成。

把经历一段时间的事化为语言文字，通常叫作叙事，这工夫并不艰难。语言文字从头一句到末了一句也经历一段时间，经历一段时间就有个先后次序，这个先后次序如果按照着事的先后次序，这就化过来了。

叙事的语言文字怎样才算好，起码的条件是使人家明白那事的先后次序。在先的先说先写，在后的后说后写，固然可以使人家明白；尤其要紧的，对于表明时间的语句一毫不可马虎。如果漏说漏写了，或者说得含糊，写得游移，就教听的人看的人迷糊了。这儿不举例，请读者自己找几篇叙事文字来看，看那几篇文字怎样点明先后次序，怎样运用表明时间的语句。

按照事的先后次序叙事，那是常规。为着需要，有时候常规不能适用。譬如，叙事叙到某一个阶段，必须追叙从前的事方始明白。又如，一件事头绪纷繁，两方面三方面同时在那里进展，必须把几方面一一叙明。遇到这种情形，就不能死守着按照先后次序了。试举个例子（从茅盾所译的《人民是不朽的》录出）。

马利亚·铁木菲也芙娜·乞列特尼成科，师委员的母亲，七十岁的黑脸的女人，准备离开她的故乡。邻人们邀她在白天和他们同走，但是马利亚·铁木菲也芙娜正在烘烤那路上用的面包，要到晚上才能烤好。集体农场的主席却是预定次日一早走的，马利亚就决定和他同走。

若照次序先后叙下去，以下就该叙马利亚当夜怎样准备，次日怎样动身。但是读者还不知道马利亚带谁同走，她的以往经历怎么样，她舍不得离开故乡的心情怎么样。这些都有叙明的需要，于是非追叙不可了。

她的十一岁的孙子辽尼亚本来在基辅读书，战争爆发前三星期学校放假，辽尼亚从基辅来看望祖母，现在还没回去。开战以后，马利亚就得不到儿子的消息，现在决定带了孙子到喀山去，投奔她的儿媳妇的一个亲戚，儿媳妇是早三年就故世了。

辽尼亚回来看望马利亚，马利亚得不到儿子的消息，儿媳妇已经故世，都是马利亚准备离开故乡以前的事。请注意“现在还没回去”“现在决定带了孙子到喀山去”“儿媳妇是早三年就故世了”这些语句。如果不用这些语句表明时间，非但次序先后搞不清楚，连事情的本身也弄不明白。以下叙马利亚到基辅去的情形。

从前，她的儿子常常请她到基辅和他同住在那大的公寓里……

叙她怎样在基辅各处游览，怎样因为儿子受到人们的尊敬。请注意“从前”两字，明明标明那是追叙。随后是：

一九四〇那一年，马利亚·铁木菲也芙娜生了一场病，不曾到儿子那里去。但在七月，儿子随军演习，顺路到母亲这里住了两天。这一次，儿子又请母亲搬到基辅去住……

于是在父亲的坟园里，母亲对儿子说了如下的话：

“你想想，我能够离开这里吗？我打算老死在这里了。你原谅我吧，我的儿。”

这里见出她是万万舍不得离开故乡的。请注意“一九四〇那一年”和“这一次”，也明明标明那是追叙。接下去是：

而现在，她准备离开她这故乡了。动身的前夕，她去拜访她所熟识的一位老太太。辽尼亚和她一同去……

直到这里，在时间先后上才接上那头一节。其间追叙的部分计有七百字光景。那“而现在”三字仿佛一个符号，表示追叙的那部分已经完毕，直接头一节的叙写从此开始。现在再举个例子（从《水浒》武松打虎那一回录出）。

> ……跳出一只吊睛白额大虫来。武松见了，叫声“啊呀！”从青石上翻将下来，便拿那条哨棒在手里，闪在青石边。那大虫又饥又渴，把两只爪在地下略按一按，和身望上一扑，从半空里撺将下来。武松被那一惊，酒都做冷汗出了。说时迟，那时快，武松见大虫扑来，只一闪，闪在大虫背后。那大虫背后看人最难，便把前爪搭在地下，把腰胯一掀，掀将起来。武松只一闪，闪在一边。大虫见掀他不着，吼一声，却似半天里起个霹雳，震得那山冈也动，把这铁棒也似虎尾倒竖起来，只一剪。武松却又闪在一边。

这里大虫的一扑和武松的第一个一闪同时，大虫的一掀和武松的第二个一闪同时，大虫的一剪和武松的第三个一闪同时。同时发生的事情不能同时说出写出，自然只得叙了大虫又叙武松。单就大虫方面顺次叙，或是单就武松方面顺次叙，都无法叙明。叙述头绪更繁的事情，也只该如此。

以上说的不是什么人为的作文方法，实在是说话想心思的自然规律。世间如果有所谓作文方法，也不过顺着说话想心思的自然规律加以说明而已。

（原载1946年7月1日《中学生》第177期）

木炭习作跟短小文字

美术学生喜欢作整幅的画，尤其喜欢给涂上彩色，红一大块，绿一大块，对于油彩毫不吝惜。待涂满了自己看看，觉得跟名画集里的画幅有点儿相近，那就十分满意；遇到展览会，当然非送去陈列不可。因此，你如果去看什么美术学校的展览会，红红绿绿的画幅简直叫你眼花；你也许会疑心你看见了一个新的宗派——红红绿绿派。

整幅的彩色画所以被美术学生喜欢，并不是没有理由的。从效用上说，这可以表示作者从人生、社会窥见的一种意义，譬如灵肉冲突哩、意志难得自由哩、都会的罪恶哩、黄包车夫的痛苦哩，都是常见的题材。从技巧上说，这可以表示作者对于光跟色彩的研究工夫，人的脸上一搭青一搭黄，花瓶里的一朵大花单只是一团红，都是研究的结果。人谁不乐意把自己见到的、研究出来的告诉人家。美术学生会的是画画，当然用画来代替言语，于是拿起画笔来，一幅又一幅地涂他们的彩色画。

但是，从参观展览会的人一方面说，这红红绿绿派往往像一大批谜，骤然看去，不知道画的什么，仔细看了一会儿，才约略猜得透大概是什么，不放心，再对准了号数检查手里的出品目录，也有猜中的，也有猜不中的。明明是一幅一幅挂在墙上的画，除了瞎子谁都看得清，为什么看了还得猜？这因为画得不很像的缘故。画人不很像人，也许是远远的一簇树木，画花不很像花，也许是桌子上堆着几个绒线球，怎叫人不要猜？

像，在美术学生看来真是不值得齿数的一个条件。他们会说，你要像，去看照相好了，不用来看画，画画的终极的目标就不在乎像。话是不错，然而照相也有两种：一种是普通的，另一种是艺术照相。普通照相就只是个像；艺术照相却还有旁的什么，可是也决不离开了像。把画画得跟普通照相一样，那就近乎匠了，自然不好；但是跟艺术照相一样，除了旁的什么以外，还有一个条件叫作像，不是并没有辱没了绘画艺术吗？并且，丢开了像，还画什么画呢？画画的终极的目标固然不在像，而画画的基础的条件不能不是这个像。

照相靠着机械的帮助，无论普通的、艺术的，你要它不像也办不到。画画全由于心思跟手腕的运用，你没有练习到像的地步，画出来就简直不像。不像，好比造房子没有打下基础，你却要造起高堂大厦来，怎得不一塌糊涂，完全失败？基础先打下了，然后高堂大厦凭你造。这必需的工夫就是木炭习作。

但是，听说美术学生最不感兴味的就是木炭习作。一个石膏人头，一朵假花，要一回又一回地描画，谁耐烦。马马虎虎敷衍一下，总算学过了这一门就是了；回头就嚷着弄彩色，画整幅。这是好胜的心肠，巴望自己创造出几幅有价值的画来，不能说不应该，然而未免把画画的基础看得太轻忽了。并且，木炭习作不只使你落笔画得像，更能够叫你渐渐地明白，画一件东西，哪一些繁琐的线条可以省掉，哪一些主要的线条一丝一毫随便不得。不但叫你明白，又叫你的手腕渐渐熟练起来，可以省掉的简直不画，随便不得的决不随便。这对于你极有益处，将来你能画出不同于照相可是也像的画来，基础就在乎此。

情形正相同，一个文学青年也得下一番跟木炭习作同类的工夫，那目标也在乎像而不仅在乎像。

文学的木炭习作就是短小文字，有种种的名称，小品、随笔、感想文、速写、特写、杂文，此外大概还有。照编撰文学概论的说起来，这些门类各有各的定义跟范围，不能混同；但是不多啰唆，少有枝叶，有什么说什么，说完了就搁笔，差不多是这些门类的共通点，所以不妨并为一谈。若说应付实际生活的需要，唯有这些门类才真个当得起应用文三个字；章程、契券、公文之类只是公式文而已，实在不配称为应用文。同时，这些门类质地单纯，写作起来比较便于照顾，借此训练手腕，最容易达到熟能生巧的境界。

目标也在乎像，这个话怎么说呢？原来简单得很：你眼前有什么，心中有什么，把它写下来，没有走样；拿给人家看，能使人家明白你眼前的、心中的是什么，这就行了。若把画画的工夫来比拟，不就是做到了一个像字吗？这可不能够三脚两步就达到，连篇累牍写了许多，结果自觉并没有把眼前的、心中的写下来，人家也不大清楚作者到底写的什么：这样的事情往往有之。所以，虽说是类乎木炭习作的短小文字，写作的时候也非郑重从事不可。譬如写一间房间，你得注意各种陈设的位置，辨认外来光线的方向，更得捉住你从那房间得到的印象；譬如写一个人物，你得认清他的状貌，观察他的举动，更得发见他的由种种因缘而熔铸成功的性情；又譬如写一点感想，你得把握那感想的中心，让所有的语言都环拱着它，为着它而存在。能够这样当一回事做，写下来的成绩总之离像不远；渐渐进步到纯熟，那就无有不像——就是说，你要写什么，写下来的一定是什么了。

到了纯熟的时候，跟画画一样，你能放弃那些繁琐的线条，你能用简要的几笔画出生动的形象来，你能通体没有一笔败笔。你即使不去作什么长篇大品，这短小文字也就是文学作品了。文学作品跟普通文字本没有划然的界限，至多像整幅彩色画，跟木炭习作一样而已。

画画不像，写作写不出所要写的，那就根本不成，别再提艺术哩文学哩那些好听的字眼。但是，在那基础上下了工夫，逐渐发展开去，却就成了艺术跟文学。舍此以外，几乎没有什么捷径。谁自问是个忠实的美术学生或者文学青年的话，先对于基础作一番刻苦的工夫吧。

（原载1935年3月1日《中学生》第53号）

临摹和写生

向来学画，不外两个办法。一是临摹，拿名家画幅做范本，照着它下笔。一些画谱里还有指导初学的方法，山的皴法有几种，树的点法有几种，全都汇集在一块儿，让人逐一学画。这样分类学习，也是临摹的办法。还有一个办法是写生。写生是直接跟物象打交道，眼里看见的怎么样，手里的画笔就照着画出来。无论从临摹或是写生入手，都有成为画家的可能。

我说学画的两个办法，意在拿来打比方，比喻学写文章。学写文章也有临摹的办法。熟读若干篇范文，然后动手试作，这是临摹。在准备动手的时候，翻着一些范文作参考，也是临摹。另外一个办法是不管读过什么文章，直接写出自己的所见所闻所感所思。所见怎么样就怎么样写，所闻怎么样就怎么样写，其余类推。这是写生的办法。

学校里教学作文，往往把课本里的选文看作范本，有人觉得这还不够，希望另外选些范本，最好学写游记以前先读几篇游记，学写报告书以前先读几篇报告书。有人学习文艺写作，也喜欢揣摩几篇名家的作品，从用意布局到造语用词，都希望有所取法。可见无论学作寻常文章或是学写文艺，认为临摹的办法有效的人很不少。

我并不是绝对不赞成临摹的办法，可是我认为采取写生的办法更有好处，至少应该做到写生为主，临摹为辅。以下容我说明这个浅薄的意见。

还是拿学画来打比方。临摹的时候，面前摊着名家的画。画上当然有种种物象，可是这些物象是名家眼里看见的，不是临摹的人眼里看见的。临摹的人只能以整幅名家的画为物象，一笔不苟地把它描下来。对于画上种种物象的本身，临摹的人是隔着一层的。名家可能有看不透切的地方，可能有表现得不够的地方，临摹的人只好跟着他，没法画得比他更完美。写生可不同，物象摆在面前，写生的人眼睛看它，头脑想它，手里的笔画它，样样都直接。开始写生的时候，成绩可能比临摹坏得多，临摹总还像一张画，写生或许不成画。但是工夫用得多了，看物象的眼光逐渐提高，画物象的手腕逐渐熟练，达到得心应手的地步，那就任何物象都能描绘自如。学画的目的不是希望做到任何物象都能描绘自如吗（成个画家并不是学画的目的，画得好，当然成画家）？这个境界，惯于临摹的人就未必容易达到。总括一句，写生的好处在直接跟物象打交道。

有了前边一节打比方的话，学写文章的方面也不须多说了。学写文章从写生的办法入手，学得好，能够达到挥洒自如的境界，这是一。尤其重要的，以自己的所见所闻所感所思为根据，学得好，能够真正地表达出自己的所见所闻所感所思，这是二。学校里的学生难道因为世间有文章这样东西，非学它不可，才学写文章的吗？有志文艺的人难道因为文艺是又好玩又漂亮的东西，才发心学写文艺的吗？不是的。学生在校学习，出校参加任何工作，都需要把自己的所见所闻所感所思表达出来，而且要表达得好，否则就不能过好生活，做好工作，所以必须学写文章。有志文艺的人学写文艺，也无非要把自己的所见所闻所感所思很好地表达出来。不过他愿意运用文艺的技巧和形式，这是他跟一般学生不同的地方。既然如此，学习写作能不以自己的所见所闻所感所思为写生的对象，能不在写生方面多下工夫吗？

既然要在写生方面下工夫，对于对象自然不肯马虎，也不能马虎。所见不真，所闻不切，所感不深，所思不透，那样的对象能够写生吗？值得写生吗？于是要求自己，所见要真，所闻要切，所感要深，所思要透。达到这些要求是整个生活里的事，不是执笔学习写作时候的事，然而是写好文章的真正根源。离开了一个人的整个生活，希望把文章写好，是办不到的。

见真、闻切、感深、思透，当然有程度之不同。真有更真，切有更切，深有更深，透有更透。譬如一个初中学生，他的真、切、深、透比不上一个大学生，但是可以达到跟他整个生活相应的真、切、深、透。他达到了这样程度的真、切、深、透，用写生的办法学习写作，抓住那些真、切、深、透的东西，毫不走样地表达出来，这是最有益的练习。

学写文章从临摹的办法入手，搞得不好，可能跟一个人的整个生活脱离，在观念上和实践上都成了为写作而学习写作，还有，在实践上容易引导到陈词滥调的路子，阻碍自己的独立思考和创意铸语。通常说的公式化的毛病，一部分就是从临摹来的。

自己写生，当然也可以看看人家对同一物象怎么样写生。光是看看是参考或比较，进一步仿照他一下，就是临摹。反正在练习的阶段，偶然临摹几回，并不妨事。所以我在前边说到写生为主、临摹为辅的话。

（1957年4月29日作，原载同年《东海》6月号）

依靠口耳

咱们写东西，以前用文言。文言到底是什么？有人说文言就是古代口语的记录，有人说只是一种人为的笔语，是历代文人集体创造的产物。这两种说法可以说都对都不对。文言这个名称包括许多不同时代、不同式样的文章，实在含混得很。就时间说，从甲骨文字到现在有三千多年，就风格说，有非常典雅僻奥的，也有非常浅近通俗的，统统叫作文言。世界上没有，也决不会有完全没有口语做根底的笔语，文言不会完全是人为的东西。可是文言也不大像曾经是某一时代的口语的照样的记录，孔子当时说“学而时习之，不亦说乎？”是不是就是这么九个音（语音古今异同且不管），就是这么个次序，都很难说。

在各式各样的文言里头，咱们可以提出一种来叫它作正统文言，那就是晚周两汉的哲学家、史学家笔下使用的，以及唐宋以来摹仿他们的所谓古文家的文章。这一路文言在当初大致跟口语相差不太远。可是口语不断地在变化，如果笔语大体上跟着口语走，也会变得很厉害。实际上可走了另外一条路，就是不管口语怎么样变化，后一代人竭力摹仿前一代人的文章（为什么会走这一条路，这儿不说了）。这就变得很少了，虽然要绝对不变也是办不到的。这种正统文言一代代传下来，直到白话文运动的时候，凡是拿笔杆儿的都使用它。

就后代人说，文言跟口语的距离很大，几乎可以说是另外一种语言。谁要写文言就得学会这种语言。学得到家，写得合式，就是通，否则就是不通。这种语言虽然叫它是语言，可不能拿到口头来说（只能摇头摆脑地哼），所以跟口没有多大关系。你要拿到口头来说当然也没人来禁止，但人家听了不能完全明白，甚至大部分不明白（即使是通文的人），所以跟耳也没有多大关系。原来这种语言是必须目治的，你得一个个字看下去才明白。

白话文运动起来之后，大家改写白话文，可仍旧承接着文言的传统。白话文也跟口耳没有多大关系，只在程度上比文言差了些。白话文也得目治，口说耳听都不很成。当时大家只想把文章写得明白通俗些，还只着眼在普及上。现代的事物跟现代人的心思要用现代的语言才能表达得精确而且入神，这个意思虽然有人提出，可是连提出的人也没有认真去实践。这一半由于习惯了文言的路子，虽说要改，不知不觉中仍旧走了老路。一半呢，没有提明把依靠眼睛的改成依靠口耳，没有提明唯有依靠口耳写下来的才是地道的现代的语言，也是个重要原因。现在有些写文章的朋友，民国十一二年间上的小学，到中学时代读些文言，分量少，时间短，没有受到文言多大的影响，论理该能够依靠口耳写文章了，实际上可不然，因为他们有早期的白话文做底子，早期的白话文是管眼睛不管口耳的。三十年的时间不算长，白话文已经成了口语以外的另外一种语言。你能说话，认得字，还不成，你得学会这种另外的语言才能写文章。这多麻烦，跟文言比起来，至多是五十步跟一百步的差别。再说，现在不是有人依据种种理由，主张改用拼音文字吗？拼音文字的利弊怎么样且不说它，在这儿要指出一点：假定用拼音文字写白话文模样的文章，无论你词儿连写也好，在字母上加上声调符号也好，总要叫读的人胡摸胡猜，到底不能够完全明白。必得依靠口耳才能使用拼音文字。反过来说，咱们用的汉字不是拼音文字，才有不依靠口耳的文言跟白话文（说来话长，这儿不细说）。

就实际效果说，白话文当然不能一笔抹杀。试想这三十年来假若仍旧用文言，各种新知识、新思想的传布将成什么样的情形？那必然传布得非常之狭窄。白话文虽说承接着文言的传统，可是比文言进步，公平话是应该这么说的。不过它并不依靠口耳，所以还得改变。原因不在通俗不通俗的问题上，原因在前面说过的一句话上，就是：现代的事物跟现代人的心思要用现代的语言才能表达得精确而且入神——现代的语言是必须依靠口耳的。最近几年来，明白这个道理而且认真实践的多起来了，有意地依靠口耳，把笔语跟口语归到一致。特别在文艺的部门里，咱们已经有了些出色的作品。文艺写人写社会，要紧的是时代性，而且文艺不只叫人知，还要叫人感，自然得依靠口耳才不至于打折扣。依靠了口耳不一定就是好文艺，可是不依靠口耳至少是文艺的一个后天的致命伤。咱们还可以推车撞壁地问一声：既然不依靠口耳，为什么不索性用了文言？在报章杂志文章以及教科书、各科著作方面，一般作者似乎还不大留意这回事，大多仍旧使用白话文。我个人以为这也可以改变，应该改变。白话文已经尽了它的桥梁的任务，咱们该一致努力，过渡到依靠口耳的一边去。（这里有通用口语跟方言的问题，语言变化，后代人难以完全了解前代文章的问题，一时说不尽，待有机会再说。）

（原载1949年7月1日《华北文艺》第6期）

关于使用语言

文艺作者动脑筋，搞创作，这是一种思维活动。这种思维活动要塑造一些人物，布置一些情节，描写一些景象，目的在反映生活的实际——虽然写成的小说戏剧之类是假设虚构，可是比记载实在的事情还要真实。

有人以为思维活动是空无依傍的，这种想法并不切合实际。空无依傍就没法想。就说想一个人的高矮吧，不是高个子，就是矮身材，或者是不高不矮，刚刚合度，反正适合那想到的对象就成。要是不许你想高个子、矮身材、不高不矮、刚刚合度等等，你又怎么能想一个人的高矮呢？

高个子、矮身材、不高不矮、刚刚合度等等，全都是语言材料。各种东西的性状，各种活动的情态，这个、那个，这样、那样，不依傍语言材料全都没法想。因此，咱们可以相信，思维活动决不是空无依傍的，必须依傍语言材料才能想。

必须依傍语言材料才能想，所以思维活动的过程同时就是语言形成的过程。不是先有个空无依傍的想头然后找些语言把它描写出来，是一边在想一边就在说话，两回事其实是一回事。

两回事既然是一回事，那么，想得对头，说得也必然对头，说得有些不到家，就表示想得有些不到家。

要是说，“我想得倒挺好，只是说出来的语言走了样”，人家怎么会相信呢？人家会问：“你是依傍语言材料想的，想得挺好，形成的语言当然也不错，怎么说出来会走了样呢？”人家这个问话是没法回答的。其实这儿所谓想得挺好只是一种幻觉，语言走样就证明你还没想得丝丝入扣。

再拿文艺作品来说。文艺作品是作者思维活动的成果，思维活动的固定形式，也就是写在纸面上的语言——文字。作者给读者的，仅仅是这些写在纸面上的语言，这以外再没有别的。读者认识作者所反映的生活的实际，了解作者的世界观和人生观，也仅仅靠这些写在纸面上的语言，这以外再没有别的。因此，这些写在纸面上的语言是作者读者心心相通的唯一的桥梁。读者不能脱离了作品的语言理解作品，要是那样，势必是胡思乱想。作者也不能要求读者理解没提到的东西，搞清楚没说清楚的东西，要是那样，就不免宽容了自己，苛待了读者。固然，文艺作品里常常有所谓言外之意，话没明说，只要读者想得深些透些，也就能够体会。可是言外之意总得含蓄在明说出来的话里头，读者才能够体会。要是根本没有含蓄在里头，怎么能叫读者无中生有地去体会呢？所以言外之意还是靠语言来传达的。

以上的话无非要说明这么个意思：思维和语言密切地联系着，咱们不能把想的和说的分开来看待。实际上思维和语言是分不开的。可见分开来看待是主观方面的态度。分开来看待就出毛病，主要的毛病是走上这么一条路：想得朦胧模糊，说得潦草随便。所谓想得朦胧模糊，就是头脑里只有一些跳荡的没有秩序的语言材料，语言的固定形式还没有形成，在这时候就以为是够了，想得差不多了——其实还得好好地继续想。所谓说得潦草随便，就是赶紧要把还没形成固定形式的东西说出来，这其实是说不出来的。说不出来的硬要说，硬要说又非取一种固定形式不可，非说成一串语言不可——这就免不了潦草随便。

不把想的和说的分开来看待，情形就完全不同了。头脑里只有一些跳荡的没有秩序的语言材料的时候，决不就此停止，非想到形成了语言的固定形式不可。这固定形式并不是随便形成的，它的形成是有原则的，就是跟所想的符合。一边在想，一边就是在说，当然只能取这么个原则。为什么用这个词，不用那个词，为什么用这样的句式，不用那样的句式，为什么先说这个，后说那个，为什么这一部分说得那么多，那一部分说得那么少，诸如此类，全都根据这么个原则而来。这样的固定形式不保证一定是好作品，还得看作者的世界观和人生观怎样，作者对生活的实际认识得怎样。可是作者这一番思维活动是认真的、着实的，那是可以肯定的。凡是好作品大概都具备这样的基础。

不把想的和说的分开来看待，就不会像有些人那样，说“语言只是小节罢了”——言外颇有尽可以不管或者少管的意思。要是听见人家在那里说“语言只是小节罢了”，一定会毫不放松，跟人家争辩，哪怕争得面红耳赤。语言是作者可能使用的唯一的工具，成败利钝全在乎此，怎么能是小节！咱们能对读者说“不要光看我的作品，你得连带看我的头脑”吗？咱们能对读者说“我的头脑比作品高妙得多”吗？不能。头脑藏在里面，怎么能看呢？而且读者就要看咱们的作品，就要通过作品看咱们的头脑。而作品呢，从头到尾全都是写在纸面上的语言，就靠这些写在纸面上的语言，咱们的头脑才跟读者相见。语言怎能是小节？

不把想的和说的分开来看待，对作品的修改的看法也就正确了。有人说自己的或者人家的作品还得修改，往往接着说“不过这是文字问题”（所谓文字问题就是语言问题）。咱们在开会讨论什么文件章则的时候，也常常听见这样的话：“大体差不多了，余下的只是文字问题了。”单就“文字问题”四个字着想，就知道说话的人是相信内容实质可以脱离语言而独立存在的，是相信语言的改动不影响内容实质的。实际上哪有这回事呢？内容实质凭空拿不出来，它要通过语言形式才拿得出来。语言形式有改动，内容实质不能不改动。而且，正因为内容实质要改动，才改动语言形式。不然，为什么要改动语言形式呢？这么想，就可以知道所谓修改，实际上是把内容实质重新想过，同时就是把话重新说过。一大段话的增补或者删掉，这一段和那一段的对调，一句话一个词的增删改动，全都是重新想过重新说过的结果，决不仅仅是文字问题。这是个正确的看法。这个看法的好处在注重内容实质，所做的修改必能比先前提高一步。

就语言的使用说，大概跟经济工作一样，节约很重要。经济工作里头所谓节约，并不是一味地省，死扣住物力财力尽量少用的意思。节约是该用的地方才用，才有计划地用，用得挺多也要用；不该用的地方就绝对不用，哪怕用一点也是浪费。关键在乎该用不该用。咱们写个作品，在语言的使用上也该遵守节约的原则。

就说描写一个人的状貌吧，五官四肢，肥瘦高矮，坐着怎样，站着怎样，跑路又怎样，诸如此类，可以写个无穷无尽。再说写几个人的对话吧，说东道西，天南地北，头绪像藤本植物那样蔓延开来，也可以写个无穷无尽。此外如描写一个乡村的景物，叙述一间屋子里的陈设，要是把想得到的实际上可能有的全都搬出来，也就漫无限制。像这样无穷无尽，漫无限制，就违反了节约的原则。要讲节约，就得考虑该用不该用。怎么知道哪些该用哪些不该用呢？写个作品总有个中心思想，跟中心思想有关系的就该用，而且非用不可，没关系的就不该用，用了就是累赘。这只是抽象地说。某个作品的中心思想是什么，认真的作者自然心中有数，心中有数，哪些该用哪些不该用就有了把握。于是，譬如说吧，描写一个人的状貌，不写别的，光写他的浓眉毛和高颧骨。写几个人的对话，绝不啰唆，只让甲说这么三句，乙说这么五句，丙呢，让他说半句不完整的话。乡村景物可以描写的很多，可是只写几棵新栽的树和射到树上的阳光。房间里的陈设该不止一个收音机，可是就只写那个收音机，再不提旁的。为什么只挑中这些个呢？一句话回答：这些个跟中心思想有关系，适应中心思想的要求。这就叫厉行节约。

再就一句话来说。一句话里的一个名词，加得上去的修饰语或者限制语决不止一个，一个动词或者形容词，加得上去的修饰语决不止一个。要是把加得上去的都给加上去，大致也会违反节约的原则。怎么办呢？只有看必要不必要。必要的才给加上去，不必要的全丢开。或者一个必要的也没有，就一个也不给加上去。必要不必要怎么断定呢？还是看中心思想。一句话的作用不是写人就是写物，不是写事情就是写光景……这些个全跟中心思想有关系。所以每句话全跟中心思想有关系，全该适应中心思想的要求。凡是适应要求的就是必要的。

语言里像虽然、那么、固然、但是、因为、所以之类的词好比门窗上的铰链，器具上的榫头。这些词用起来也有必要不必要的分别。譬如说“因为恐怕下雨，所以我带着把伞出门”，这交代得挺明白，不能说有什么错。可是咱们大都不取这么个说法，只说“恐怕下雨，我带着把伞出门”。为什么呢？因为不用因为、所以，这里头的因果关系已经够明白了。已经够明白，还给加上榫头，那就不必要，就违反节约的原则。

咱们评论语言的使用，往往用上“干净”这个词，说某人的话很干净，某篇东西的语言不怎么干净。所谓干净不干净，其实就是节约不节约。从一节一段到一个词一个句子，全都使用得恰如其分，不多也不少，就做到了节约，换个说法，这就叫干净。

语言的节约仅仅是语言问题吗？或者仅仅是某些人惯说的文字问题吗？只要领会到语言跟思维的密切联系，就知道不仅仅是语言问题或者文字问题。语言要求节约跟思维要求节约是分不开的。在思维过程中，必须把那些啰啰唆唆的不必要的东西去掉，同时非把那些必要的东西抓住不可，这是思维的节约。表现在语言方面，就是语言的节约。

就语言的使用说，还有很重要的一点必须特别注意，就是语言的社会性。语言是社会的产物，是大家公用的东西，用起来不能不要求彼此一致。你这么说，我就这么了解，你那么说，我就那么了解，你说个什么，我就了解个什么，切实明确，不发生一点儿误会，这全在乎双方使用语言的一致。

决不可能有个人的语言。与众不同，自成一套，那是办不到的，那样的语言（要是也可以叫语言的话）非但不能叫人家了解，自己也没法依傍着来进行思维活动。所以一个人生在这个社会里，就注定使用这个社会的共同的语言。

使用共同的语言，可是跟人家不怎么一致，这种情形是可能有的。或者是学习不到家，养成了不正确的习惯，或者是一时疏忽，应该这样说的那样说了，这就跟人家不一致了。跟人家不一致总是不好的，即使差得有限，也叫人家了解不真切，有朦胧之感，要是差得很远，就叫人家发生误会，或者完全不了解。因此，凡是使用语言的人，包括文艺作者，都得随时注意，自己在使用上有没有跟人家不一致的地方，要是有，赶快纠正。

注意可以分三个方面——语音、语法、词汇。单就写在纸面上的语言说，作者的语音准确不准确无从分辨，因此，可以撇开语音，只谈语法和词汇两个方面。

语法是联词成句的规律，每种语言有它的语法，没有语法就不成其为语言。咱们从小学语言，逐渐能叫人家了解，正因为不但学会了些词，同时也学会了语法。有些人觉得没有什么语法似的，这跟咱们生活在空气里，仿佛觉得没有什么空气一样。中小学要教语法，理由就在此。自发地学会了语法，并不意识到有什么语法，难保十回使用不出一两回错。在学校里学了语法，自觉地掌握住语法的规律，就能保证每回使用都不错。怎样叫掌握住规律？怎样叫不错？也无非跟使用这种语言的人的语法完全一致罢了。

谁要是说“语法不能拘束我，我自用我法”，这好比说脱离了空气也可以生活，当然是个不切实际的想法。现在这样想的人并不太多了，大家知道语法的重要性。知道语法重要就得研究语法。依靠一些语法书来研究，或者不看什么语法书，单就平时的语言实践来研究，都可以。一般说来，文艺作者对语言的敏感胜过其他的人，文艺作者只要随时留心，即使不看什么语法书，发现规律掌握规律也是容易的。譬如说吧，同样是疑问语气，为什么有的用“吗”，有的用“呢”，有的任何助词都不需要呢？又如同样是假设语气，为什么有的需要用“如果”或是“要是”，有的不必用这些词，假设语气也显然可辨呢？又如同样是重叠，为什么“研究研究”不能作“研研究究”，“清清楚楚”不能作“清楚清楚”，并且，重叠跟不重叠的不同作用在哪儿呢？又如最平常的一个“的”字，为什么有的地方必不可少，少了就使词跟词的关系不明，有的地方尽可不用，用了反而见得累赘呢？诸如此类，只要一归纳、一比较，就把所以然看出来了。这样看出来的是最巩固的，不仅能永远记住，而且能在语言实践里永远掌握住。

无论是谁，说话写文章大致是合乎语法的。偶尔有些地方不合语法也是难免的，原因不外乎前边说过的两点——习惯不良，一时疏忽。文艺作者笔下的东西，按道理说不应该有这个偶尔。只要随时留心，把语法放在心上，当一回事儿，就能够纠正不良的习惯，防止疏忽的毛病，就能够避免这个偶尔。

现在再就词汇说一说。各人的词汇的范围并不完全相同，可是谁都在那里逐渐扩大词汇的范围。单就一个人说，了解的词汇必然大于使用的词汇。因为使用的非了解不可，而了解的未必全拿来使用。譬如咱们了解一些文言的词，咱们大多不拿来使用。

在思维活动的时候，咱们随时挑选适当的词。什么叫适当的词呢？一、切合咱们所想的对象；二、用得跟社会上一致。譬如想的是一种颜色，这种颜色是红，社会上确实叫它红，那么红就是适当的词。又如想的是一种动作，这种动作是推，社会上确实叫它推，那么推就是适当的词。切合对象，跟社会上一致，这两点是联系着的。正因为约定俗成，这种颜色大家都叫它红，这种动作大家都叫它推，红和推才是切合对象的词。要是换成绿和拉，那就跟社会上完全不一致了，也就是跟对象完全不切合了。

像红和推那样的词还会用得不适当吗？当然不会。可是大多数的词不像红和推那么简单，往往要下工夫挑选，才能找着那个最适当的。譬如美丽、美、艳丽、漂亮，粗看好像差不多。这几个词的分别到底在哪儿；当前该用哪一个才切合所想的对象，才跟社会上一致，这是挑选的时候必须解决的。求解决可以查词典，一部好的词典就在乎告诉人家每个词的确切的本义和引申义，明确地指出它能用在某种场合，不能用在某种场合。要是平时做过归纳比较的工夫，能够辨别得很明确，那就无须查什么词典，因为词典也是经过这样的工夫编出来的。说到这儿又要提起文艺作者对语言的敏感了。文艺作者凭他的敏感，平时在这方面多多注意，也是“工欲善其事，必先利其器”的准备工作。在目前还没有一部叫人满意的词典，这种准备工作尤其需要。要是平时不做这种准备工作，连勉强可用的词典也不查一查，那么临到选用的时候就有用得不适当的可能——本该用“美”的，用了“美丽”了，或者本该用“美丽”的，用了“漂亮”了。咱们对每一个词，不能透彻地了解它，就不能适当地使用它。严格一点儿说，只有咱们透彻地了解的那些词，才该归入咱们“使用的词汇”的范围。

咱们要随时吸收先前不曾了解不会使用的词，扩大“使用的词汇”，扩大了再扩大，永远没有止境。不是说从广大群众方面，从种种书刊方面，都可以学习语言吗？这不仅指扩大词汇而言，可是扩大词汇也包括在内。平时积蓄了财富，需用的时候就见得宽裕，尽可以广泛地衡量，挑选最适当的来使用。要是吸收不广，积蓄不多，就可能发生两种情形。一种情形是一时找不着适当的词，随便用上一个对付过去。另一种情形是生造一个词用上，出门不认货，不管人家领会不领会。譬如某一部作品里说大风“抨击”在脸上，这就是前一种情形。“抨击”不是普通话的词，是文言的词，意义是攻击人家的短处，拿来说大风，牛头不对马嘴。同一部作品里又说声音“飘失”在空中，这就是后一种情形。“飘失”是作者生造的词，用方块汉字写在纸面上，人家认得“飘”字“失”字还可以猜详，要是口头说出来，人家就听不懂，或者用拼音字母写下来，人家就看不懂。可见这两种情形都是不好的。

新事物不断地出现，新词就陆续地产生。凡是新词，总有人在口头或是笔下首先使用。可是仅仅一个人使用一两次，这个新词不一定就能成立，必须多数人跟上来，也在口头或是笔下使用它，它才能成立——多数人使用它就好比对它投了同意票。至于并非新事物的事物，既然有现成的词在那里，就无须另外造什么新词。固然，另外造新词也是一种自由，谁也不能禁止谁，然而享受这种自由的结果，无非给自己的语言蒙上一层朦胧的阴影，给人家添点儿猜详的麻烦罢了。

咱们还应该注意辨别普通话和方言土语。要依照普通话的语法，使用普通话的词，不要依照方言土语的语法，使用方言土语的词。推广普通话，汉民族使用统一的语言，在社会主义建设高潮的今天，是作为一种严肃的政治任务提出来的。文艺作者跟其他文化工作者一样，应该而且必须担当这个任务。普通话和方言土语，就语法说，差别不太大，可并不是没有种种微小的差别。就词和熟语成语说，那就差别很大，各地的方言土语之间差别也很大。在文艺作品里，方言土语的成分掺用在普通话里的情形大致有两种。一种情形是只掺用某一地区方言土语的成分，如只掺用东北话或者河南话的成分。这在某一地区的人读起来很方便，对其他地区的人可就是不小的障碍。另一种情形是掺用某几个地区方言土语的成分，南腔北调，兼收并蓄。这对各地区的人都是不小的障碍。而作者掺用那些方言土语的成分，又有有意识和无意识的分别。有的是故意要用上那些成分，有的是没有下工夫辨别，不知不觉地用上那些成分了。现在咱们的目标是使用纯粹的普通话，那当然不该故意用上些方言土语的成分了。为要避免不知不觉地用上，就得养成习惯，哪些是普通话的成分，哪些是方言土语的成分，要能够敏感地辨别，恰当地取舍。

还可以这么考虑，方言土语的成分也不是绝对不用，只是限制在特定的情况下使用。譬如作品里某个人物的对话，要是用了某地区的方言土语，确实可以增加描写和表现的效果，这就是个特定的情况，这时候就不妨使用。又如作者觉得方言土语的某一个成分的表现力特别强，普通话里简直没有跟它相当的，因此愿意推荐它，让它转成普通话的成分，这就是个特定的情况，这时候就不妨使用——到底能不能转成普通话的成分，那还得看群众同意不同意。

到这儿，关于语言的社会性说得差不多了。要讲究语法，要注意选词，要避免使用方言土语的成分，这些并不是什么清规戒律，全都为的语言的一致。大家的语言一致，语言才真正是心心相通的桥梁。不要以为这样未免太不自由了，要知道在这个问题上讲自由就是自由主义，势必造成语言的混乱。不要以为这样就限制得很严，再没有用武之地了，要知道这些要求只是语言的基本要求。在达到基本要求的基础上，作者凭他的世界观、人生观和才能，尽可以千变万化地运用，完成他的语言的艺术。

（原载1965年3月8日《人民文学》第77期）

学点语法

咱们说话，无非是表达自己的意思。写东西也是说话，是利用文字这种工具来说话。为了把意思表达得准确、明白，咱们说话必须按照一定的规矩。说话的规矩是语法。

说话的规矩并不是由谁制定的，是社会间约定俗成的结果。所谓“约定”，就是你也这样说，我也这样说。所谓“俗成”，就是大家这样说而不那样说，这就成了规矩。说话的规矩世代相传，随着社会的改变也有所改变，但是改变并不快，而且不会怎么大。小孩在认识事物、进行种种活动的过程中学说话，一部分的努力就是学这种规矩，学着学着，大致合乎规矩了，就算基本上会说话了。

这样看来，可以说语法人人都会。不会语法，就说不成话，勉强说些话也没人懂。咱们都能说话，说的话都能叫人懂，就是人人会语法的证据。

既然语法人人都会，为什么还要学语法呢？

咱们从小会语法，全靠习惯之自然，是不自觉的。不自觉说话是在按着规矩说，也意识不到说话原来有这样那样的规矩。正因为这样，就难保所有的话全合乎规矩。有时候不免走了样，跟自己要表达的意思不怎么符合；有时候不免说得含含糊糊，啰啰唆唆，要别人花老大工夫去揣摩，结果揣摩得对不对还不一定。这种情形，都达不到准确地、明白地表达意思的要求。学了语法，意识到说话有这样那样的规矩，把这些规矩搞得透熟，任何时候都自觉地按照这些规矩说话，这就提高了说话、写东西的能力，可以保证把自己的意思表达得准确、明白。

这儿要说明一点：语法仅仅是说话的规矩，掌握了语法，仅仅能使自己说的话把自己的意思表达出来，不走样，不叫别人误会。至于说的话正确不正确，有价值没有价值，还得看表达的意思本身正确不正确，有价值没有价值。这就牵涉到立场、观点、思想方法这些根本问题，跟各方面的斗争经验和文化科学知识也有密切的关系，总之，不在语法的范围之内。但是话要说回来，一个人有了正确的、有价值的意思，只因为没有掌握语法，不能任何时候都准确地、明白地表达出来，那不仅可惜而且是损失，这种损失不仅属于个人，而且属于社会。

这就可见人人有学习语法的必要了。

语法包含些什么内容呢?

话是由词组成的。要把意思表达得正确、明白，一要每一个词选择得恰当，二要一连串词安排得恰当，也就是说，用词造句都要合乎规矩。就单个的词说，各类词的构成和转化，能这样用，不能那样用，都有一定的规矩。就词的相互关系说，哪些词可以搭配，哪些词不能搭配，哪些词必须彼此照应，都有一定的规矩。在一个句子里，哪些词该在先，哪些词该在后，该怎样排列才能明确地表明它们的相互关系，也有一定的规矩。学习语法，就是学习这些用词造句的规矩。

学习语法可以看一些书。现在举出几种供选择：吕叔湘和朱德熙合著的《语法修词讲话》、黎锦熙和刘世儒合著的《中国语法教材》、王力的《中国现代语法》、吕叔湘的《语法学习》、张志公的《汉语语法常识》。其中《语法学习》分量少，《汉语语法常识》讲得通俗浅显，可能比较适合于初学的人。

根据自己的情况选定一种语法书，当一回事好好读一读，读懂了、懂透了，对语法就能知道个轮廓。为什么说选定一种？节省时间和精力，是一。目的只在知道个轮廓，不必多读，是二。虽然这么说，多读几种当然也可以。假如多读几种，会发现这样的情形，几种语法书的体系不尽相同，讲法不尽一致，所用的名词术语也不完全一样。有些人遇到这样的情形就觉得惶惑，其实不必。探讨体系上、讲法上、所用的名词术语上的异同和优劣，那是进一步的工夫，现在只要知道个轮廓，可以不管。初学的人也没能力管；要是管，往往徒耗精力，对实际应用没多大补益。再说，就轮廓言，几种书的差别是并不大的。

读语法书要联系实际。书中有一些例子，有一些练习，都是实际。此外，咱们每天说话，经常写东西，又随时听人说话，随时读种种报刊书籍，所谓实际，真是俯拾即是。以往没学语法，对这些实际不能凭语法的观点来分析，来比较，来归纳。现在学了语法，长了一双语法的眼睛，就见处处离不了规矩，哪是合，哪是不合，为什么合，为什么不合，全都能辨别出来。切不要仅仅记忆这些规矩，要从说话和写东西的实际中理解这些规矩，消化这些规矩。这样做的时候，既不觉得枯燥，又真能致用，真能达到说话写东西合乎语法的要求。

到这儿应该补充几句，说明为什么只要知道个轮廓。一般学习语法的人不是语法专家，对语法并不作专门研究，他们只希望自觉地掌握这些规矩，提高说话和写东西的能力。读一种语法书，知道个轮廓，无非借此引上路而已。上了路，自己就能联系实际，作分析、比较、归纳的工夫，终于理解这些规矩，消化这些规矩——也就是自觉地掌握这些规矩。那时候，一种语法书可能已经忘掉，语法的轮廓也可能已经忘掉，但是这些规矩融化在生活里了，一辈子受用不尽。

（1958年4月20日作）

谈文章的修改

有人说，写文章只该顺其自然，不要在一字一语的小节上太多留意。只要通体看来没有错，即使带着些小毛病也没关系。如果留意了那些小节，医治了那些小毛病，那就像个规矩人似的，四平八稳，无可非议，然而也只成个规矩人，缺乏活力，少有生气。文章的活力和生气全仗信笔挥洒，没有拘忌，才能表现出来。你下笔，多所拘忌，就把这些东西赶得一干二净了。

这个话当然有道理，可是不能一概而论。至少学习写作的人不该把这个话作为根据，因而纵容自己，下笔任它马马虎虎。

写文章就是说话，也就是想心思。思想，语言，文字，三样其实是一样。若说写文章不妨马虎，那就等于说想心思不妨马虎，想心思怎么马虎得？养成了习惯，随时随地都马虎地想，非但自己吃亏，甚至影响到社会，把种种事情弄糟。向来看重“修辞立其诚”，目的不在乎写成什么好文章，却在乎绝不马虎地想。想得认真，是一层。运用相当的语言文字，把那想得认真的心思表达出来，又是一层。两层工夫合起来，就叫作“修辞立其诚”.

学习写作的人应该记住，学习写作不单是在空白的稿纸上涂上一些字句，重要的还在乎学习思想。那些把小节小毛病看得无关紧要的人大概写文章已经有了把握，也就是说，想心思已经有了训练，偶尔疏忽一点，也不至于出什么大错。学习写作的人可不能与他们相比。正在学习思想，怎么能稍有疏忽？把那思想表达出来，正靠着一个字都不乱用，一句话都不乱说，怎么能不留意一字一语的小节？一字一语的错误就表示你的思想没有想好，或者虽然想好了，可是偷懒，没有找着那相当的语言文字：这样说来，其实也不能称为“小节”。说毛病也一样，毛病就是毛病，语言文字上的毛病就是思想上的毛病，无所谓“小毛病”。

修改文章不是什么雕虫小技，其实就是修改思想，要它想得更正确，更完美。想对了，写对了，才可以一字不易。光是一个字不易，那不值得夸耀。翻开手头一本杂志，看见这样的话：“上海的住旅馆确是一件很困难的事，廉价的房间更难找到，高贵的比较容易，我们不敢问津的。”什么叫作“上海的住旅馆”？就字面看，表明住旅馆这件事属于上海。可是上海是一处地方，决不会有住旅馆的事，住旅馆的原来是人。从此可见这个话不是想错就是写错。如果这样想：“在上海，住旅馆确是一件很困难的事”，那就想对了。把想对的照样写下来：“在上海，住旅馆确是一件很困难的事”，那就写对了。不要说加上个“在”字去掉个“的”字没有多大关系，只凭一个字的增减，就把错的改成对的了。推广开来，几句几行甚至整篇的修改也无非要把错的改成对的，或者把差一些的改得更正确，更完美。这样的修改，除了不相信“修辞立其诚”的人，谁还肯放过？

思想不能空无依傍，思想依傍语言。思想是脑子里在说话——说那不出声的话，如果说出来，就是语言，如果写出来，就是文字。朦胧的思想是零零碎碎不成片段的语言，清明的思想是有条有理组织完密的语言。常有人说，心中有个很好的思想，只是说不出来，写不出来。又有人说，起初觉得那思想很好，待说了出来，写了出来，却变了样儿，完全不是那回事儿了。其实他们所谓很好的思想还只是朦胧的思想，就语言方面说，还只是零零碎碎不成片段的语言，怎么说得出来，写得出来？勉强说了写了，又怎么能使自己满意？那些说出来、写出来有条有理组织完密的文章，原来在脑子里已经是有条有理组织完密的语言——也就是清明的思想了。说他说得好写得好，不如说他想得好尤其贴切。

因为思想依傍语言，一个人的语言习惯不能不求其好。坏的语言习惯会牵累了思想，同时牵累了说出来的语言，写出来的文字。举个最浅显的例子。有些人把“的时候”用在一切提前的场合，如谈到物价，就说“物价的时候，目前恐怕难以平抑”，谈到马歇尔，就说“马歇尔的时候，他未必真个能成功吧”。试问这成什么思想，什么语言，什么文字？那毛病就在于沾染了坏的语言习惯，滥用了“的时候”三字。语言习惯好，思想就有了好的依傍，好到极点，写出来的文字就可以一字不易。我们普通人难免有些坏的语言习惯，只是不自觉察，在文章中带了出来。修改的时候加一番检查，如有发现就可以改掉。这又是主张修改的一个理由。

（1946年4月7日作，原载《中学生》总175期）

从梦说起

有时做梦，梦见熟识的人处理一些事务，倾吐一些说话。醒转来想想，实际上他们并没有做过那些事务，说过那些说话。可是一切都适合他们的性情习惯，连一个小动作、一句话的辞气语调，都非属于他们各个人不可。梦中虚构了一个境界，却虚构得那么真切，自己也莫名其妙。

曾经问过好几个人可有同样的经验。回答说有的。有人还说，在梦中，我们几乎成了创作家了。创作家的基本的本领不是把人物描写得非常真切吗？我们在梦中就有这种本领，能把熟识的一些人认识个透切，不但见到他们的外表，并且深入他们的内心。由于深入他们的内心，所以虚构出来的他们的行动和语言都与他们适合，好像从他们本身发出来的。奇怪的是清醒的时候这种本领就消失了，至少也要消失一大部分，我们如果要虚构他们的行动和语言，只觉得很少有把握似的。话要说回来，我们在清醒的时候也能像梦中一样，虚构得那么真切，我们不是真个做了创作家吗？创作家到底不是人人当得来的。创作家不但对于熟识的人，连不熟识的人也能描写得恰如其分，神情毕露。其难能可贵就在于此。

对于这种梦中的经验，想来心理学者一定能够解释。我不懂得心理学，只能就常识来推想。我们清醒的时候接物观人，都是外表与内心兼顾并注的。可是外表易见，内心难知，所以按分量说，外表方面的收获多，内心方面的收获少。外表方面的收获虽多，大多浮光掠影，事过境迁，也就忘了。内心方面的收获虽少，却印入得深，并不勉强记住，而自然忘不了，有一些好像忘了，其实在我们的心底里生了根。待做梦的时候，那些忘不了的在心底里生了根的活动起来，编织成片段的或是整体的故事，故事里的人物的一言一动当然适合他们的内心了。就一方面说，梦境诚然是虚构的。但是就另一方面说，这一类的梦境是最真实的，比事实还要真实，因为它剥落了浮面的种种牵缠，表现了人物的真际。

一些比较差的小说戏剧，所写人物往往不见真切，其故大概在乎没有剥落浮面的种种牵缠。无关紧要的动作与拖泥带水的说话愈多，人物的真切性愈少。佳篇名作里的人物却是活的，世间明明不曾有过那些人物，但是那些人物活在读者们的心里。其故大概由于作者已经达到我们做梦时候的那种境界，人物的真际怎么样，早在他的心底里生了根。他从生了的根出发，描写人物的动作，组织人物的语言。描写与组织虽是作者的劳绩，但是被描写被组织的全是人物自己的，所以笔笔具效果，处处见真切。

说到生了根，这就不是临时可以办到的事情。必须像我们那样，清醒时候在不知不觉之中识透了熟识的人的性情习惯，才可以做恰合他们的真际的梦。因此，临时的观察和考察恐怕未必十分有用处，最重要还在深入生活，把接物观人包容在生活项目里，不把接物观人仅仅认作创作以前的准备。

（本文为《工余随笔》之一则，原载1947年12月1日《文学丛刊》第3集）

要做杂家

咱们干写文章的工作，总要尽可能有丰富的知识。鲁迅曾经写信给一位搞文学的青年说："专看文学书，也不好的。先前的文学青年，往往厌恶数学、理化、史地、生物学，以为这些都无足轻重，后来变成连常识也没有，研究文学固然不明白，自己做起文章来也胡涂，所以我希望你们不要放开科学，一味钻在文学里。"鲁迅这几句话，对于记者、编辑都极其有用。鲁迅没有说下去，一味钻在文学里怎么样。他的意思其实就是说，你一味钻在文学里，文学也是研究不好的，创作也是不会成功的，所以要各方面都知道一些。无论做什么工作，总是多学一些东西、多懂一些东西好。当记者、编辑，要报道，要知道的东西，方面极广。

在当前这个新时期里，要极大地提高整个中华民族的科学文化水平，实现四个现代化。自然科学方面，最大的门类是六个字：数、理、化、天、地、生；社会科学一般地是文、史、哲，还有其他。自然科学、社会科学两个方面，内容这么广泛，而且这些东西都是人们日常要接触的。怎样跟上这个形势，恐怕跑步跟还不够呢。

我看了到1985年的科学规划简报，有好些不懂。往往常识性的东西都不懂，要好好学一点常识才行。科学里那许多门类，宏观世界、微观世界，各式各样。还有宏观、微观的相互交叉，复杂得很。不懂，怎么去报道？咱们不是专门搞科学的，但是起码的常识应该懂一点。如报道一个专家，他讲得很专门，咱们自己不懂，写下来登在报纸上，人家只看到一些字，不懂什么意思。这起码是对读者不负责。如高能物理、遗传工程是什么东西，假如我们不懂，就把这几个字写进稿子，登在报上，不就是对读者不负责吗？

现在这个时代，和我们小时候完全不同了，和40年代、50年代也不同了。你不能说，时代变不变我不管，我还是搞30年代、20年代的。这是不行的。所以，记者、编辑没有比较广泛的知识，无论到工厂、农村，都无法发现问题，挑重要的值得报道的东西来报道。没有常识，怎么能写出言之有物、准确鲜明的新闻？怎么能不使读者看了半天，结果只好叹一口气说："我只看了纸上的字，没有看到什么东西。"要给读者看到东西，这就要有知识。要有知识，就要随时随地吸收，随时随地搞清楚，不要含糊、笼统，以为大概是这么一回事就算了。

杂家这个名词，这里是借用来表示写文章的人知识要广泛。《汉书》里的《艺文志》把古来的诸子分为十家，说，“其可观者九家而已”。杂家就是可观的九家中的一家。我说，我们要做个杂家。唯其杂，才能在各方面运用我们的知识，做好报道，写好文章。

（本文是1978年夏在新华社国内记者业务训练班上所作讲话中的一节，载次年3月14日《人民日报》。这次讲话的题目是《浅谈有关文风的几个问题》。记录稿全文载1979年《中学语文教学》第2期）

文艺谈

一

文艺上有什么派，什么主义，这都是批评家的话。批评家将许多文艺作品做综合的系统的研究，自然只得就大体的区别上和趋势上下工夫。这等区别和趋势，说出来时，大家都惬然于心，可见确然如此，绝非强设。然而所以致此，纵的有历史关系，横的有时代背景，文艺家适处于这个交点，便有种种不同的作品。这是自然的产生。文艺家除了创作的冲动而外，更没有其他容心。什么派或主义，全不是文艺家计虑的事。

请设一个不一定得当的譬喻：山中的云徐徐上升，有时卷舒而类鬟鬓，有时平衍而如波澜。在云何尝有摹拟的意思，更何尝知有鬟鬓和波澜？这原是看云的人在那里指点比拟的。文艺家应是云，像什么像什么，让看云的人去计较就是了。

这个创作的冲动真是文艺上最可宝贵的生命。人们的思想情绪本没有不可作文艺的材料的，正同没有一个景物不可作为画材一样。但单有材料，没有文艺家深深的感受，更摄取其要点，加上思想，便没有文艺作品。文艺家自内自外感受思想情绪之精微的方面，觉得这是必须把捉住的一段材料，否则有无限的痛惜，这时候创作的冲动兴奋到极点了，赶紧写录出来，定是绝妙的作品。有人说诗不应是作出来的而应是写出来的，便是这个意思。当这赶紧写录出来时，决不会再有其他的计虑：我现在应学某派，应取某种主义。

反转来说，文艺家而拘拘于某派某主义的，他的创作的冲动一定很薄弱，或者竟没有。怎么讲呢？他既有所拘执，便视为一种型式，不能不有强合迁就之处。有一分牵强，当初所感受的思想情绪之精微的方面便改换一分，牵强顾虑越多，改换的也越多。到末了，那深深地感受于最初的，全然换了面目，所余的只是型式的复制品了。这时候所谓的创作冲动是没有了，然而还是很起劲地写录出来，就因为有合于型式的一种自满心在那里鼓励着。我们有许多传习的话，像"为圣人立言""文以载道""语必有本"……不是使历代无数的文艺家受他们的暗示，埋没了自己创作的冲动，专在摹拟型式上用工夫，上了一辈子的当么？

所以创作的冲动是文艺的生命，有了它，文艺便会发展，进化。主义和派，在研究文艺的人固是必要，在文艺家却是不需要的，因为一受它们的拘束，一切都堕入型式，文艺的生命就断绝了。

二

文艺作品无论如何总含有主观的性质，所以同一个境地、同一件事物，因各个文艺家的观察不同，所得印象不同，思想情绪之精微的方面也不同，就可以写成不同的几种作品，一样可以动人，一样确有价值。因此，文艺的世界最是自由、变动、新鲜、无穷。我们的祖先已生息于陶醉于这个世界，我们的子孙且将永永生息于陶醉于这个世界。我欲作赞颂文艺之歌！

近时我国人的文艺创作的冲动渐渐有得表显了。报纸和杂志上总有几篇小说、诗和剧本供我们领略。但是从这里有一种现象觉得是不大好的：近人作品取材的范围很狭，差不多世间只有一部分的事物情感可以做文艺的材料。就我所见，似乎表现劳工和妇女的痛苦的为最多。这等固然是文艺的很好的材料，但是群趋于此，意境又大略相似，就可知其中不尽含有深切的印象和精微的灵感，而半由于趋时了。唯其如此，所以下笔很容易，凡是这个题材里应有的描写和意思都如量纳入。篇幅固然完成了，然而这等作品没有生命了。多了这一篇不能使文艺的世界扩大而更新，文艺的世界里哪有它的位置？

一个题材里应有的描写和意思都如量纳入，似已合乎有价值的作品的条件。其实不然。这个并没有别的原因，单在不真。譬诸作画：名家从真实的景物获得印象，感受于心的很深，才成他的创作。劣手却不然，他专将名家的画作范本，他的作品虽有一样的此景此物，然而因无所感受于真实，没有精妙动人的风采。文艺方面也是这等情形。

所以，别人所感受的只能成别人的作品，我对于它只许欣赏，不容借用。借用只能算复制别人的作品，不能算我的创作。

我想有志于文艺的人应当赶紧从走错的路上回转来，卓然独立，一空依傍，凡是有型式性质的东西一概不与接近。文艺的本质是思想情绪，我们就当修养我们的思想情绪。一切事物是我们情思所托的材料，我们就当真切地观察一切事物。有什么感受就写录出什么来，没有，就十年不写录也不妨，一任我们创作的冲动指挥着。

三

我常常听见人说："这件事情真有趣、奇怪，可为小说材料。"说这句话的人看得小说太容易、太浅薄了。小说的材料固然取之于人世间的事情，但人世间的事情不一定就可以为小说。

有许多文艺家也本着这句话的意思，专事探取人海里种种事情，如实记录，成就他的著作。当意的事情没有这么多，就逞其幻想，凭空结构，接济他材料的缺乏。

这一类文艺作品可以供人消遣，资为谈助，满足好奇心。但效果仅此而止，不能更有所增益。所以可以叫作玩物的作品。

现在的人差不多都承认"文学是人生的表现和批评"这句话。人生的表现和批评，文艺家视为生命一般地努力从事的，岂仅仅供人消遣，资为谈助，满足好奇心？乃所谓玩物的作品，其效果只有这少许，不能算为真的文艺品是一定无疑了。

所以真有志于文艺的人不应当把小说看得太容易、太浅薄，专事探取人间庶事，辄为记录。我们当知玩物的作品是人间不必需的东西，即多所撰作也不足为奇，因为不能算为文艺海里的一滴水，不能增加文艺海的容量。我们所应当努力的乃在真的文艺品。

真的文艺品有一种特质，就是浓厚的感情。我们若说这是文艺之魂，似乎也无不可。这个感情蓄于事事物物和人们心中，文艺家深深地感受了，他内心的感情共鸣似的兴起，不可遏止，就如实写录出来。无论是一件每天可以遇到的事，一个平凡的人，一秒钟的沉思，永劫的遐想，只须含有这浓厚的感情，都可以为小说的材料。这个并不取其有趣和奇怪，乃因其能够表现人生。我所以说，人世间的事情，文艺家若能感受它的感情的质素的方面，就无不可为小说。

同情于弱者有人道主义倾向的固是一种浓厚的感情，表现黑暗方面的又何尝不是？因为有强烈的希求光明的感情潜伏着。甚至厌弃现世，流入颓丧一派，那种悒郁凄恻，也正是一种浓厚的感情。所以，无论哪一派里都有很好的真的文艺品。文艺家不必管什么家派，仿效什么家派，只须能够特别过人地感受和兴起浓厚的感情，就可以有很好的、真的文艺品创作出来。真的文艺品不是供人消遣的，然而人对于它的爱好和陶醉一定远胜于玩物的作品，因为它不仅是告诉人一件有趣的故事，不是要满足人的好奇心，而在唤起人的同情；它不仅是给人看一篇文字，这篇文字里含有活力，能够吸引读者于不自觉。人只觉一种浓厚的感情渗透自己的心灵，从这里可以增进自己的了解、安慰或悦怿。这才是人间所必需和期求的东西，也就是文艺家应当从事的东西。

四

我常觉得诚这个字是无论什么事业的必具条件。我们心情倾注于某事某物，便将我们的全生命浸渍在里面，视为我们的信仰和宗教，这就能诚了。

文艺作品所表现的总不外人生的事物情思，然而论其品类却万有不齐。这就因为作者态度不同的缘故。作者态度自然也各殊其致，但大略可以一线界为两部：线以上为诚的，以下为不诚的。

作者持真诚的态度的，他必深信文艺的效用在唤起人们的同情，增进人们的了解、安慰和喜悦；又必对于他的时代、他的境地有种种很浓厚的感情，他下笔撰作，初无或恐违此、勉为留意的必要，而自然成为含有普遍性的真文艺。无论用的是写实的方法，或者带有浪漫的气息，或者从积极方面发挥，或者从消极方面描绘，一样地可以为文艺界增一新色彩。他虽只是和别人一样的一个人，然而他所表现的，因为他一本真诚，绝无故意的造作，确是此时此境里人们的情思，怎不教人低回感动呢？

作者态度不真诚的，他对于文艺本没有什么了解，他的下笔撰作，只本着一种戏弄和滑稽的心思——或者还有别的不相干的原因。他既不真诚，情感先淡薄了。他对于人生或则所感甚浅，或竟全无所感，这已丧失了文艺的灵魂。这等无灵魂的文艺品里，无非是肤浅的外皮的情思——或竟是堕落的、兽性的表白。他虽然也可以袭取他人已成之作，改易面目，充为自己的材料，但可以袭取的是文字言说，不能袭取的是他人的心。文艺作品虽然只是文字言说，然而里面在在含有文艺家的心灵。你但取其可以袭取的形而下的文字言说，有什么用呢？此类作品，前者为反乎人生，后者为没有个性。借成语以为评，正可说玩物丧志。

所以我们要创作我们所希望的真文艺品，没有范本可临，没有捷径可走，唯一的方法乃在自己修养，磨炼到一个诚字。我们应以全生命浸渍在文艺里，我们应以浓厚的感情倾注于文艺所欲表现的人生。

但是，我们自有知觉，曾经过几回真诚的感动和浓情的温存？两个人见了面，一颔首，目光都不肯互注，各自东西，此后便永不相见，也无所谓忆念。一封信送来，居然有两张八行笺，但写在上面的都是尺牍上的话。一个老妇足力不济跌了一跤，接着便是一阵拍手和哄笑。间壁人家遭了盗劫，还伤了人，我就私幸我家没有轮到。……也说不尽许多，总之，我们的一大群里充满了虚伪、诽笑、自私、冷淡、隔膜……

这个对于文艺界多少总有些妨碍。然而这个不是文艺上的问题了。我不过是喜欢文艺、希望文艺慢慢地长大的一个人。我本着这一点微诚，愿我的伴侣的人生观有所改换。

五

文艺的目的在表现人生，所以凡是对于人生有所触着而且深切地触着的，都可以为创作文艺品的材料。触着不触着不在知识的高下，而在情感的浓淡。情感则半出先天，半由熏陶。情感浓厚的人，虽然他的知识因无从传习，程度极低，他一样地能够感山水林木之美，兴与造物游的遐想，一样地能够感堕落沉沦之苦，发欲为援手的悲悯。这等心灵的颤动是绝妙的画稿，是最好的诗料，总之，是艺术的泉源。

往往有许多美妙的思想言语出于愚夫愚妇或孺子之口。但彼辈自己不能写录，不能撰作，事过情迁，那些思想言语便化为乌有，了无留痕。（我想古今来美妙的思想言语曾经涌现于人们脑蒂里但没有留痕的一定不知凡几，幸而留痕的一定比不曾留痕的少得多多。）正如天空的云自在飘浮，幻成极美丽的文章，后来经风力吹荡，这美丽的文章变了，散了，不复能有同样的第二回了。这岂不是太可惜么？

文艺家有一种不可推诿的责任，便是保留这等美妙的思想言语。发出这等思想言语的人初无著为文艺品的欲求。然而文艺家听见了，以为这是人心的花，精神界的开拓，倘若不将它保留下来，便是精神界的损失，心灵的浪费。正如云幻成美丽的文章，在云何尝有什么意思，然而我们人看见了，赞美欣赏而外，还要用速写法抽一个影像下来，否则是永远的可惜。

但是所谓保留，不是照样记录，像照相法保留物象的意思。我们但想所以保留之故，怎样保留就容易明白了。那些美妙的思想言语，因为它是人生的表现，可以增进人们的同情和慰悦，所以文艺家要保留它。这当然要取一个完善的方式保留下来，才可以一毫不减损它的效力。而所谓愚夫愚妇，他们所感的是情，是浑然不可分析的。情动于中，自然倾吐。他们对于如何为最完善的达情方式，是没有研究的（他们随意应用的也许便是最完善的方式，但决不尽然），所以照样保留，未必便能有充分的效力。这里文艺家可以显出他的功能了。他应将所得的材料加以剪裁、增损、修饰种种工夫，所谓艺术的制练，使那些里面含有自己的灵魂，一面却仍不失原来的精神。那些材料经这么一来，已固定在一个最完善的方式里，加入了普遍和永久的性质，在文艺界里就有了位置了。人常说文艺品是文艺家创作出来的，就因为他那艺术的制练是一种创作的工夫。

从这里更可见文艺家应有精细的观察。无论是什么人物、什么思想言语，他都有留心的必要，因为那些或者有助于他。很平常的劳人的叹息、小孩子不思虑的话、村妇的谈天……或者都是可以创作文艺品的材料。文艺家如能随时观察，即不立著于篇，而蓄积既富，需用时自有俯拾即是之乐。若常是关在书室里，执笔构思欲有所作，即使精思深情可供抒写，而文艺的泉源已壅塞了一部分，终有范围较狭之嫌了。

六

文艺家从事创作，不是要供人欣赏，他是所谓“无所为而为”。若欲说他有所为，本来也可以，但他所为的是最深广的人生。所以人家对于他的作品持什么态度，赞扬或是诋毁，他是全不问的。只要他心以为然的，他就真诚地表现出来，即使读后能了解的人一个都没有，也不是他的失败。翻过来，他的创作风行一时，受着无量的赞美，也不是他最后的喜悦。无论如何，他还是守着他先前的态度，着眼于人生，托命于文艺，不知其他。这等高雅宏大的襟怀，原是文艺家应当有的。

然而一般人却不可不有领略文艺家精心结撰的作品的能力。古昔或当世有了很好的文艺作品，而大家不知领略，让它承受灰尘，饲养蠹鱼，不发一毫光芒，烛照人们的心灵，这个损失当比赔款割地还要大。文艺家创作了出来，一般人如响斯应地受他的感动，心的最深奥的地方都渗透到，这才不辜负了文艺家，而一方面也不辜负了自己。为什么呢？有好景不能玩赏，有好友不能结交，有好的文艺作品不能领略，都是人生的缺陷，对于自己莫大的辜负。

人譬诸花草，文艺就是雨露。人不仅须有物质上的欲求，尤赖有精神上的欲求，才可以向上进取。有时因有精神上的欲求，物质上的欲求随以改进。而可以激起我们的精神上的欲求的，文艺实为最重要的东西。当我们执卷欣赏之际，虽然不过是连缀着的许多文字送入眼里，而实际却在认识人生，感受作者的精神，并振起自己的精神入于向上进取之途。这是人生再重要不过的事情。有人说这是一种消遣，我以为最是谬妄的观念。世间哪有仅仅供你消遣之事？你又为什么仅仅希望消遣？你欲消遣，必然因为烦闷，你为什么不去战胜这烦闷？你但将文艺作品视为消遣的东西，纵不怕辜负作家，也不怕辜负自己么？

反观我们一部分伴侣对于文艺的态度，不由我不起无穷的忧虑。他们希望于小说的，只在一件有趣的故事而已。无论其思想如何悖谬，描写如何不自然，他们都不以为意，或者竟是看不出，以为我们和它本是悬隔的，我们只要求它有趣，有趣了，我们就满足了。所以配这部分人的胃口的只有玩物的作品。偶然遇见些真的文艺作品，他们看还没有看完，便说："这算什么！使我们如堕云雾。我们哪要上这等烦难的功课？"可怜文艺家精神贯注的作品，只博得他们的废书而叹。至于诗，他们更以为这是自古有之，认识得最清楚的了，诗是含有隐遁、愁叹等等消极性质的。其实何尝如此？他们自己不如意，怨抑，又是怯懦，无可奈何，借着合于他们眼光的诗吟咏一回，便算借酒浇愁的妙计。偶然遇见真有价值的诗，不是他们所认为的诗，他们便奇怪起来，说道："这不是诗，诗哪有这样的？"

我想现在即有真的文艺品，一定不能使这一部分伴侣领略。什么事都要练习，都要修养的。

我为他们切身的利益，——当然也是我们全体的利益，祝祷他们慢慢地练习起来，修养起来。

七

我是个小学教师，我的学生都是十一二岁的少年。我选国文给他们读，各种性质和形式的文字都要选，而他们最欢喜富于感情的。

一篇《项羽本纪》，他们于羽兵败人散、慷慨悲歌之处，读得最有兴味、最为纯熟。他们在运动场上玩耍，有时也抑扬歌唱，声音里含有无限悲壮的热情。莫泊桑的《两个朋友》、都德的《最后一课》和《柏林之围》，曾将译本给他们读，他们也感动得不得了。那篇《两个朋友》，他们还改编为剧本，开同乐会时在学校里的剧台上开演。两个学生饰两个钓徒，一种颓丧的神气、愤懑的语调和苦中求乐的自然心情，居然给他们都描摹出来了。后来两人被德兵捕获，教他们将法兵的暗号换性命，他们不肯，便将他们做枪靶。当一排德兵举起枪来的时候，他们俩齐发出颤动而心碎的声音，互相诀别道："再会了！"这三个字竟使我堕下泪来，许多学生和别位先生也有掩面的。他们能够表现书中人的性格，可知他们的心真已深入书中。而这一篇原是小说，富有浓厚的感情的文字。

他们更欢喜诗。杜甫的《兵车行》、白居易的《折臂翁》，都是他们百读不厌的。他们往往作期望的语气问我道："下星期选诗吧，好几星期没教诗了。"

以上所述虽不过是我个人经历中的一滴，而可以看出儿童心里无不有一种浓厚的感情燃烧似的倾露。他们对于文艺、文艺的灵魂——感情——极热望地要求，情愿相与融合混合为一体。从这一点，教育者可以得一个扼要的宗旨以为后来者造福，就是"应当顺他们自然的要求，多多给他们以文艺品，做他们精神上的食料"。这食料如果确是富于营养质的，而饲之又面面俱妥，无有分量过与不及、人物不相宜等弊病，则受之者必能富有高尚纯美的感情和好为创作的冲动。

但是我于这个经历中，又引起了无限的不如意和忧虑。以上所举诸篇都是关于战争的文艺，而且都含有非战的意思。非战固然很好，合于人心。但是以文艺饷人，尤其是以文艺饷儿童，眼光总当放远一程，不应该只取回顾的态度。战争不好，差不多大家可以明白，而且我们决不愿此后再有战争，则战争可以不提，可以永远遗忘。有可贵的工夫，当然是读别种文艺品来得经济而有益。并且在儿童心里，本没知战争是怎么一回事，当然没有深切的感情。教师要引起他们的感情，讲解中不得不描绘战争的情况，更竭力表现作者的感情。儿童经这等暗示，自然对于文艺品里所表现的表无限的同情，而视为无上的嗜好。但这里有个应当注意之点，就是儿童感情的倾注是被动的，不是自内发生的。

既然如此，以上所举诸篇就不宜选。然而这几篇又确是学生所欣赏的。我欲选没有缺憾而也可以使他们欣赏的文艺品，竟不可得。这或者由于我不会抉择，但是宝石总有光彩，我纵不明，决不至一块宝石也拣选不出。我所见的，充满于我眼前的，只是些古典主义的、传道统的，或是山林隐逸、叹老嗟贫的文艺品。我才无可奈何，强抑我的不满意的心思，做那屠门大嚼、聊以快意的行径，选了以上所举的几篇。

为最可宝爱的后来者着想，为将来的世界着想，赶紧创作适于儿童的文艺品，总该列为重要事件之一。我以为创作这等文艺品，一、应当将眼光放远一程；二、对准儿童内发的感情而为之响应，使益丰富而纯美。请略为申说：感情的熏染，其活力雄于智慧的辩解。所以谆谆诏告不如使其自化。儿童所酷嗜的文艺品中苟含有更进步的思想、更妙美的情绪，他们于不知不觉之间受其熏染，已植立了超过他们父母的根基。这不是文艺家所乐闻而又当引以为己任的么？儿童既富感情，必有其特质。文艺家感受其特质，加以艺术的制练，所成作品必且深入儿童之心。他们如得伴侣，如对心灵，不特固有的情绪不致阻遏，且将因而更益发展。此何以故？就因为文艺品里所表现的就是他们自己的。文艺家于此可以知道不是儿童的心情不足以为适于儿童的文艺品的材料了。

儿童对于文艺的创作非常喜欢。我曾教他们到野外去席地坐着，作描写景物的文字，又曾教他们随意为小说。他们大半以乞丐为材料，此外则记传闻的神怪之说，也有表现得精细的。一天我说，你们可高兴作诗？他们都呈好奇的笑容，表示愿意。我就教他们各随己意，无论心之所感，耳目之所闻见，只须自以为是诗的材料，就可以写出来。句子的字数和押韵的问题，且不管它。

下抄一诗，是一个姓陈的学生作的。这一首字句改得不多，又很有天趣，所以请读者观览。

夜景

吾家小庭里，夜景最美丽。到了有月时，清光无边际。

偶然仰头看，明星满天际，好像无数萤，靠着天上飞。

我家大门前，树高三四丈。吾庭亦能见，枝随风飘荡。影子亦随动，搅碎明月光。

立在小庭中，四围寂无哗。俄闻狗吠声，呜呜渐高起，行人加呵斥，连路吠过去。

我想，儿童若是有适宜的营养品——文艺品，一定可以有更高的创作力，成就很好的儿童作品。因此，文艺家对于儿童文艺更不可不努力。

八

晚饭过后，一家人团坐室中，和平的灯光照到各人脸上，都显出沉静温和的神气。老太太或是老佣妇发轻婉的声音，为小孩子讲故事。小孩子抿着嘴，斜睨着眼睛，听到出神时竟伏在母亲的膝上不动，渐渐地沉入睡乡。这是各人家普遍的景象，我们忆起，就像己身返于儿时，觉得那种清醇的滋味乐意而醉心。

老太太和老佣妇讲的，若是写录出来，不就是儿童文艺么？以我现在的见解来观察，觉得那些故事殊不足以当儿童文艺之目，因为那些故事都含有神怪和教训的质素。原来她们讲故事的目的在驯服孩子，所以常有“一个魔王，如何如何可怕，他的面貌是怎样，他的爪牙是怎样”的演讲。小孩子因其怪异，不肯不听，同时因其怪异，就生了恐惧怯懦的心。讲的人不肯就此而止，还继续下去道：“他喜欢吃小孩。小孩若哭，他听见了就会来。所以你们不要哭，不要给他吃了去！”

这是借神怪为教训了。教训在教育上是一个愚笨寡效的法子，在文艺上也是一种不高明的手段。

小孩有勇往无畏的气概，于一切无所惧怯。这该善为保育，善为发展，才可以使他们成为超过父母的人。若屡屡予以恐怖的暗示，岂不是导他们怯弱么？至于欲养成他们的良好习惯，应当顺着他们的心情，于起居饮食嬉游之事设为良善的环境，使潜移默化。即有过恶的萌芽发见，也应以替代的方法使变为良善的萌芽，最不当作消极的阻遏。若但说“汝不可如此，否则将如何”，则良善的萌芽无从发生，而他们的活动力已受一打击。这决不是有益的法子。

文艺家的创作虽说是无所为而为，正是大有所为。创作儿童文艺的文艺家当然着眼于儿童，要给他们精美的营养料。从上面一些简单的意思看来，已可知真的儿童文艺决不该含有神怪和教训的质素。

儿童文艺须有一种质素，浅见的人或且以为奇异神怪就是想象。我想我们不能深入儿童的心，又不能记忆自己童时的心，真是莫大憾事。儿童初入世界，一切于他们都是新鲜而奇异，他们必定有种种想象，和成人绝对不同的想象。我的儿子三岁时，他见火焰腾跃，伸缩不息，他喊道：“这许多手呀！”他又观赏学生体操，归来在灯下效之。他见墙上人影也在那里举手伸足，当影子是和自己一般的，便很起劲地教他。这些真是成人想不到的想象。文艺家于此等处若能深深体会，写入篇章，这是何等地美妙。

星儿凝眸，可以为母亲的颈饰；月儿微笑，可以为玩耍的圆球；清风歌唱，娱人心魂；好花轻舞，招人作伴……这等都是想象，儿童所乐闻的。本来世界之大，人之渺小，赖有想象得以勇往而无惧怯。儿童于幼小时候就陶醉于想象的世界，一事一物都认为有内在的生命，和自己有紧密的关联的。这就是一种宇宙观，于他们的将来大有益处。

儿童文艺里更须有一种质素，其作用和教训不同，就是感情。这本是一切文艺所必具的。教训于儿童，冷酷而疏远。感情于儿童，则有共鸣似的作用。至于应以儿童内发的感情为材料，前一则从谈里已说过了。

总之，儿童文艺里须含有儿童的想象和感情。而有神怪和教训的质素的，决不是真的儿童文艺。

九

文艺家在世界，虽然和别的人一样，无异沧海之一粟，然而他观察所及的范围却是无穷大，凡是环绕他的一切，无不是他观察的材料。文艺家的眼光，心灵的眼光，常是光芒四射，烛照万有。这个不但和望远镜一样地辽远，和显微镜一样地精微，它还要深入一切的内心——内在的生命。这是没有器械可以比拟的。我想将来物质文明更进步，也不见得会发明一种器械可以观察一切的内在的生命。

文艺家没有观察的工夫，固然不能有好的作品，这个缘故很简单，就因为难期真切，或者远违人生。能够观察了，而且观察得精密了，作品也不一定就好。我们若欲表现一个人一天之中的经历，于是为精密的观察，予其状貌的变化、动作的步骤、言语的音调，一一如实记录，毫无遗漏，而不复加入别的质素。试想他人对于此种作品将作何种感想？他们将见许多冷酷的分离的事实凑合在一起，所得的也仅此而止，更不会领悟所描写的是怎样一个有活力的人。譬诸作图，一粒种子可以画成种种图样，或是纵剖，或是横断，观察不可谓不精密了，然而这种子所含有发荣滋长的活力，还是描绘不出。所以，外面的观察虽精密也是无甚益处。文艺家不得不于外面的观察之外，从事于深入一切的内在的生命的观察。

去年西风起时，银杏树上的叶绝无留恋地辞了母枝。叶柄脱处，却有很微小的一粒透了出来。今年春暖不到十天，那微小的一粒长了，状如乳头。我知再隔一个月，这就是一条新枝，上面有许多嫩绿的新叶呢。

树上的山茶花现在正含苞未放。此后它们将慢慢地开出来，开得满树煊红，更后将尽归于枯萎。

家里养了两只鸡，我撮了一把谷饲它们。那雄的不就啄食，先呼了雌的来，待伊啄食了，才轮到自己。

小孩子看着玩具，呆了，一会儿竟同入了催眠状态一样。

一个乡下老头儿，衔着黄烟杆不声不响地坐在场上。

上面所举，都是外面的肤浅的观察。我们若能深入他们的内心，表现出叶芽发育、花儿开放的内在的情状，表现出鸡、小孩子、乡下老头儿心灵的变化，一定是世间最美妙的文章，文艺界必将为之放一异彩，人们的思想情感必将为之更高超、更深厚。可惜不能够，或者永远不能够。所以我对着环绕于我的一切常常怅然沉思，为文艺界抱无限的惋惜。

但是，我们不可不努力，希望达到能够的地位。我上面所说内在的生命的观察，就是一种努力。这当然异于外面的分析的冷酷的观察，这个须以心、以灵感来观察。无论什么，我都视为一个有活力的生命，在永远发展的路上的。我要观察他们的生命，生命的发展，皮相是没用的，分析会越弄越支离。只有我潜入他们的内心，体会他们的经历，默契他们的呼吸，我和他们是一是二几无分别，我就是叶，是花，是鸡，是小孩子，是乡下老头儿，才可以对于他们知道一些。借柏格森语名之，便是直觉。柏格森以为唯直觉可以认识生命之真际，我以为唯直觉方是文艺家观察一切的法子。

所以真的文艺家一定抱与造物同游的襟怀，他的心就是宇宙的心。宇宙不自为宣言，而文艺家为之抒泄，为之表显。这一类文艺品必定是极合自然，含有活力，而且可以感动人的心情的，因为虽然一样是连缀着的许多文字，而实则是整个的热烈的活动的生命。

人们需求于文艺家的，也以这等作品为最。在人们自然是前瞩比后顾重要，求慰悦比求饱暖重要。唯有这等作品能够引导人们走向发展的途径，超过眼前一切，永远前进。

十

儿童的心里似乎无不是纯任直觉的，他们视一切都含有生命，所以常常与椅子谈话，与草木微笑。这就是文艺家的宇宙观。儿童若能将他们自己的直觉抒写出来，一定是无上的美。曾听有人说过，文艺家有个未开拓的世界而又是最灵妙的世界，就是童心。儿童不能自为抒写，文艺家观察其内在的生命而表现之；或者文艺家自己永葆其赤子之心，都可以开拓这个最灵妙的世界。

人由幼小而长大，对于事物知识渐广。所谓知识之事，只取便利于生事，适切于应用，其他便不是普通人所欲深求了。所以这等知识只是外面的、分析的，一切事物都陷于冷静和破碎。这最为文艺能力的障碍。幼时看鸡雏随母鸡徐步，母鸡育护周至，往往起无穷的遐想。长大了，杀鸡十只，取快大嚼，毫没有顾惜或同情。幼时看玫瑰满枝，想象以为花儿盛装，满身洒着香水去看春台戏，不知伊肯带我同去否。长大了，捣花为酱，以涂面包，但尝其甘味，不再想别的了。类此之事，触想皆是。总之，人们因为实际生活上的便利，很容易看宇宙一切仅为机械的、物质的，不复能透入它们的内心，与之同化而认识它们真实的生命。这个情形，正如小孩子当两岁光景，凡人类能发的声音他都能发；后来因为顺应环境，务求切用，就汰去一切不用的音，只有适用于环境里的语音才剩留下来。但人因实际生活而汰去幼时所固有的文艺家的宇宙观，比这个有万倍的可惜。举世的人不但不能人人为文艺家，而且不能人人有欣赏文艺的能力，或者就因为这个缘故。

世间又有种种职业、风俗、习惯、礼教，将人牢牢围住，非但使你看一切仅为物质和机械，且将使你自己成为物质和机械。它们当然没有明白诏示的禁令使你服从，但你不服从它们，便有生活上的危险或困难，你就不知不觉地投入它们的彀中。实际生活算是安全了，然而你的宇宙观已堕落成为狭小的、冰冷的、物质的了，你固有的文艺家的资格已丧失了。我不曾见以职业为仅以维持实际生活的和拘拘于风俗、习惯、礼教而不敢略有违异的人而成为真的文艺家。

本来人人有文艺家的资格，终乃不能人人为文艺家，我想也可算人类的大缺陷。于是有志于文艺的人须自有修养的工夫。所谓天才，初无故为修养的成心，实则他自己的全生命正趋走于修养之途而不自知。从上两段意思反观，就可以知怎样才是文艺家自己修养的方法了。文艺家当扩大己之心灵，与万有同体；他与一切生命同其呼吸，合其脉搏；他心的耳目比肉体的耳目聪明；他永葆赤子之心，而更为发展，至于无穷；他不为物质所限制，不为机械所牵掣，常常超然遨游于自由之天。质言之，他以直觉、情感、想象为其生命的泉源。

文艺家固然要修养，而一般人也不仅以生息于物质的世界为已足，一样的更欲陶醉于广大纯美的艺术之海。即现在尚不能达到这境界，总希望有达到的一天。文艺是艺术的一部分，本着以上的希望，一个人即不为文艺家，也须具有欣赏文艺的能力。这也必须修养。于是有两事有注意的必要：

一、教育方面，宜将儿童所固有文艺家的宇宙观善为保留，一方固须使其获得实际生活所需的知识，一方更须以艺术的陶冶培养其直觉、感情和想象。实际生活能和艺术生活合而为一，自然是最合理想的事。即不能，也当不至于顾此失彼。

二、生产和消费的组织须有所变更。实际生活固然是不可避免的事，人人必须经营；但决不可一生专尽力于此，只可视为消耗心力最少的一件事。这样，其余的心力情思才可以倾注于艺术方面。

理想所至，固然是惬心快意。反顾人世实况乃殊相悬隔，至不可以数量计。我因此推想文艺普遍于人们的日子当在至远之将来。

十一

艺术究竟是为人生的抑为艺术的，治艺术者各有所持，几成两大流。以我浅见，必具二者方得为艺术。唯其如此，此等讨论无须深究。艺术苟有反人生的倾向，无论何人必不能对之起慰悦陶醉的感觉，复何得为艺术？复次，艺术的内容固切合人生（此言人生乃属广义，盖兼包过去与未来、现实与理想、物质与精神而言。世固有认切合人生唯表现过去的、现实的、物质的足以当之，此视人生无异陈物，非艺术家的态度），则其自身已含有艺术的性质，虽欲强避亦不可得。

即以文艺论，许多创作家明明有各持一义以为创作的主义的。然而看他们的作品，何尝能仅仅表现他们所取而排斥所不取，常常二者相兼，莫能判离。我们想起王尔德与托尔斯泰，就想起他们对于艺术上主义的不同，而且可谓相反。然而王尔德的作品何尝反于人生？托尔斯泰的作品何尝不有浓厚的艺术意味？于此可见真的文艺必兼包人生的与艺术的。如或偏废，非玩物的作品，即干枯无味的记录，不可谓之真文艺。

从文艺家创作方面言，对于这等讨究唯当持无所容心的态度。因为创作的时候，那唯一的动机便是一种浓厚的情感。文艺家从事观察，入于事事物物的内心，体认它们生命的力，不知不觉间自有不得不表现而出之之势。由于何种欲望、何种原因，是自己所不知道的，也是无暇推求的。这所谓冲动是单纯的、一瞬间的。这时候最要紧的就是顺着心情之自然，教那支笔将它的张弛强弱很迅速地写出来。写出来的虽然是墨的痕迹，是很物质、很机械的，然而因为这样排列着，唯有这样排列着，所以是这种浓厚的情感的全体表现，而不是连缀文辞的微末技巧。若其时兼有一点顾虑，“我这所作必须是人生的”，或“我这所作必须是艺术的”，则这单纯的一瞬间的情感必且由强烈而转为薄弱，由浑凝而化为碎屑。便是更为反省，欲重现先此所感已不可得，强为抒写，必不能成很好的作品。以其出于重构，违于心情之自然，所以不能探究人生；又以其不能将情感全体表现，即无所谓艺术，纵有之，亦至低。此何以故？因其有所顾虑，有所容心于人生的与艺术的之间故。顾虑把创作的唯一的动机赶走了，还能创作些什么？所以文艺家应当无所容心，什么主义、什么派别，对之都一无所知。唯其如此，所成作品却常兼人生的与艺术的二者。

一首诗、一篇小说、一本戏曲，所表现的或是一个境地，或是一桩事实，或是一秒间的感想，或是很普通的经历，文艺家对之决不认为片断的凑合，而必视为有机的全体，所以能起极深浓的情感。譬诸画家睹山水林木之美而欣赏，他决不会说美在此树此木，而必以浑然的全景为感情所属寄。这等材料所以能引起文艺家的情感，实因通过了文艺家的心情，已是人生化的了。否则物自物，我自我，物我之间隔膜一层，物既不能引起我的情感，我又何必从事于表现？可见文艺品的内容，无论如何必然是人生的。文艺家既将所感完全表现出来，绝不是复制和模仿，而恰是情感的本体，这是何等伟大高超的艺术。所以我们诵读很好的文艺，于述说痛苦流离的，不仅哀其困顿，起满腔的悲悯，于描写佳山佳水的，不仅叹其绝胜，作往游的想望，和听讲故事一样的心情，我们常常超于悲悯与想望以上，起一种不可描写的美感。这是隔离一切，无关利害，而其美即在痛苦流离和佳山佳水的本身。倘若文艺不是一种艺术品，何以能有此奇异的伟力呢？更从旁面说，诗和小说于描写景物表现性格之处，便是绘画。于顺着心情之自然，依着它的张弛强弱写出来时，那种自然的谐律，便是音乐。至于戏剧，则以有动作的表现，更兼造型艺术的意味了。此可证文艺又必当是艺术的了。

十二

文艺作品，无论是小诗、长诗、短篇小说、长篇小说、单幕剧、多幕剧，必须是浑然的一个有机体，而不是支离杂凑的集合体，这是文艺家所当知的。文艺家的情绪想象或触动于外境，或自生于内心，都不会是支离破碎的。无论其内容或丰或啬，以物体相喻，总当是一个融和致密有生机的球体。而作品连缀文字而成，可喻以直线。以直线描绘球体，既不失其原形，又无碍其生机，这就是文艺家最高的手腕。

以上所说嫌其意晦，请更申说。我们观赏好花，谓其有风姿，有天趣，决不以花为多数花瓣、花蕊、花萼的集合体，而唯有浑然的花的印象呈于脑蒂，而且认为这花是超于物质的，有它的生命的。我们若将它作为画题，当然以浑然的有生机的花尽我们的能力表现出来。虽不能不一花瓣一花蕊一花萼地画成，但并不为零碎的经心和努力。

文艺家以黑墨的痕迹涂于白纸，画家以彩色的痕迹涂于画幅，一样是极形而下的事；而不然者，就因为那些痕迹一经文艺家和画家的手，已蜕化而为情绪想象了。试于名家诗篇中改窜一两句，读者立辨其伪托。名画上加一墨点，虽童子亦将认为玷污。一两句和一墨点即足以破坏名作家表现浑然的有机的情绪想象的作品而有余，则在文艺家自身，既然起了创作的动机，就当用其艺术手腕不使其作品有破坏之点，是不必说了。

然而文艺家自己破坏其作品的却是常有的事。请将我国旧诗来说。我国旧诗自然有很好的。但到近几代，自名的诗翁产生得愈多，集子也刊印得愈多，好诗反而寥若晨星。他们的诗所以不能好，当然有种种原因，如实际生活和精神生活的不足以培养成伟大的诗人，而作者自己破坏其作品总该是原因之一。

诗人观物兴感，冥想有得，不假研索，诗思自然流露于心底，写出来就是诗句。这等诗句往往是很好的，但决不能在此而外更有所增益。而以前的诗人总不肯将这等自然流露的诗意极自然地没增损地写出来，他们必须渗些传统主义的思想，用些古典的借喻，更于仅得的诗意而外加上些随后凑合的意思。我从各家诗话里看出他们的作诗法确是如此。这么一来，浑然而含生机的诗意早已肢僵体解，送入坟墓了。最可惜的就是他们所谓零句。其实偶然吟得一两句，而且仅仅一两句，已足以表现当时整个的情绪和想象。然而他们说，零句不能算诗，必须足成之。于是拈着吟须，为零句而寻整篇之诗。待整篇成，很好的零句就同珠玉杂于粪土了。我以前也喜欢作旧诗，时常因零句而作整篇。但友人看了，哪句是最先有的，一猜便中。我看友人的诗也是如此，常以互猜为戏。

观以上所说，可知以前诗人不易有好诗的原因在乎种种的束缚，若传统的思想，若古典的文辞，若固定的格律，将他们的情绪想象一变再变，分离破碎，至于全易面目。这就是所谓自己破坏。

我思及此，极为以后的诗坛庆幸。现在所见的新诗虽然不见都好，但因思想的解放，体格的自由，文辞的直录所思，有一种普遍的现象，就是浑然一体，少有牵强琐屑之病。

十三

听见人家说，西洋新派画（我说不出哪一派）注意于浑然的美感，所以不为纤悉的描写。譬如画一个美人启唇微笑，其齿只作一条白痕，不复为之界画，意谓我们看到美人，于一种不可说的赏美的感情之外，不会更审视其个个之齿，所以画一白痕已足。且唯其如此，方能表现美人之美和别人看到美人时之感情。

我联想起有些小说（我所见的小说只是我国的和外国小说的译本）的繁复的描写和琐屑的记述，觉得这些就是不能见好的原因，其故就在会使情绪思想分离破碎。我述说一种心境，或者大家曾经逢到的：读一种小说，有时冥然自忘，一切环境都无所觉，只觉得书中人物情境都活泼泼地涌现于心头。但有时不然，觉得非常烦闷，几欲废书。繁复的描写和琐碎的记述只使人物情境呆板支离，和我们疏远。于是只见文字，或者只见一桩故事，不复入于陶醉的境界。若是有忍耐心，耐过这烦闷，以下或更有佳胜的地方，便重复入于陶醉。本来文艺家撰作之时，很容易因过欲求工和反省所感，而有牵强不自然，流于技巧的弊病。凡是引起我们烦闷的，就是中着这等弊病的所在。一篇短篇而有这等弊病，则已失了真文艺的价值。若是长篇，而使我们心情的烦闷和陶醉像波浪似的起伏，则已不成其为浑然有生机的全体，徒然是同一的人物情境的事罢了。何不析为短篇，使之各各独立，成为完作呢？

本年《东方杂志》第一号介绍一位新的雕刻家，他的作品竟很奇怪，凡物的不美的质素他都抽去，只将浑然的美表现于他的作品。他雕刻的鸟没有嘴目羽翼，我们没有看见竟不能想象是怎样，然而一般批评家都称赞他创造的成功。我因此更想各种艺术本有共通的性质，雕刻之法也可以应用于文艺。短篇小说的作法本已有抽去一切不重要之点的一层。长篇小说又何尝不可？长篇短篇在批评家眼光里似乎大有不同。我谓因欲表现情绪想象，使它不犯支离破碎的毛病，而为浑然有机的，无论长篇短篇都应当取这位雕刻家的方法。况且写出来虽或多至几巨册，或少至十数行，其为热烈地涌现于文艺家心里整个的心情则一。多则篇幅自长，少则篇幅自短，更何用有别的容心于其间？所以书中人一瞬的沉思可以多至千百语，经年的事可以一语了之，只求无违心情，无损其作品为整个的有机体，就无论如何都可以。而一切不美的质素，就是不能使我深切地感受的，和因过欲求工和反省所感而获得，但不当强为加入的，自然以抽去务尽为是。

近时的创作品渐渐有这个倾向。我希望我们大家都由自觉而取此，非仅仅由仿效而取此。我想一定可以有比今天更好的创作出来。

十四

现今凡称学校的总要备一具风琴，列一科唱歌在科目里。唱歌本是儿童最欢喜的东西，从他们才会发声的时候就咿咿呀呀地歌唱，好似有醉心的滋味的样子。略为长了些，祖母或是母亲将自己幼时所习的儿歌教他们，他们学习不到三四遍就上口了。有时不知不觉地从小口里发出清婉的歌声，他们自己也莫明所以，所谓熟极而流了。

唱歌一科实兼音乐文艺二者。儿童不为环境所限，得以投入学校，亲近那些艺术，滋养正在萌芽的心灵，这是何等的幸福。但是我颇质疑于现今学校里唱歌一科的不尽善。只消看儿童对此科持何态度就可以知道了。他们听着风琴洪大而沉重的声音，有一种奇异而疏远的神情，或者还在厌恶呢。他们按谱唱歌，起先是讷讷不成句，后来上口了，便随意歌唱，决没有在家里唱儿歌那么醉心而乐意的样子。为什么他们入了学校，反与唱歌疏远了呢？这不得不说教者教授之不当了。教者既没有祖母或母亲那种亲爱浓郁的感情，曲调又是随意采取，而歌词之不合儿童情思尤为莫大之弊病。一般歌词之劣陋肤浅，使我几不自信其目，而且十分之七八具备浓厚的教训的色彩。教者教起来，绝不问儿童解此歌词与否，至其有无兴趣当然更不管了，只教他们照字唱着，发出高低不同的音就是了。

我知道有几处彻底革新的学校，他们的唱歌教授很有研究，看得这一科非常之重，歌词的撰作不肯随意。但是彻底革新的，全中国能有几处？他若小邑穷县乡村荒僻之区，一样也有学校，其总数实占极大部分，他们不犹是墨守旧法，依样画葫芦地教唱歌么？我们为幼者着想，即至庸极惰，不能予他们以助力，也当让他们好好地迈步前进，不给他们设障碍物。他们感美的天性、艺术的本能，原是萌生不已的。教他们一科唱歌，致使他们不感美而感淡漠，不好艺术而无所好，这不是给他们设障碍物么？

音乐和曲谱方面且不说，单说歌词。我以为儿童的歌词浅明固然是必要，但绝不就是随便说几句话，一样要具备文艺家创作的情思和诗的精神。诗是何等可贵的东西，它能使我们每一个细胞活动而有兴趣。小孩是将来的人，他们尤其需要诗。若他们在学校里唱的全是妙美的诗篇，经这等浸渍似的涵养，一定有几许未来的伟大的艺术家在里面。这不是我们所企望而应当尽力的么?

愿当世的文艺家尽他们的心思能力，多多为学校里撰点适于儿童的歌词。又愿当世的教育家不要给儿童设障碍物，愿你们为他们的引导者，于教授方面、选材方面力求改革，导他们向艺术之路。

十五

绍虞说孙福熙君的《赴法途中漫画》可称为“散文画”，是一种综合的艺术的作品。孙君那篇文章随意摄取所见，用画家的手段表现出来，而又不单是写实，处处流露作者情思。我想古人游记好的固然也有，其大部分给笼统的描写和传习的情思占满了篇幅，所以虽游胜地，不成佳作。这二者不去，即每日执笔，徒污纸张，更何综合的艺术的作品可言?

颉刚游长城后寄我一信，其记游的几段也有“散文画”的价值。现在录于下面以飨读者，即以充我《文艺谈》:

孔诞日我同仲川到八达岭，乘京绥车到青龙桥站。这路自南口而北，重山叠岭中行，越走越高。车行极慢，机车装在车后倒推上去。车路像S形，盘旋而上。此四十里路走了一点钟。一路山色泉声，非常的好。在青龙桥下车后，车子进入八达岭山洞里去。我们便由童子领导到八达岭长城上去。这岭既在众山中为最高，长城又拣准山顶上壁立起来。北方本寒本多风的，到了这里，自当寒风来得更厉害了。长城势既削，又是年久残缺了，狂风扑人几乎要跌倒。脚下又不容易走，一不小心，跌下去万万没有生理。仲川搬去一块土坯砖，丢下城去，只见碎块像活的一般，极快地奔下去；没有到山脚势急极了，一跳便跳到对面的山上。想来一个人跌下去，也是如此了。小说上形容战阵，每说“木石俱下”，想来也是这样的光景。

到了顶高的堡上，向四围望去，真觉得千峰万壑，拱立屏卫。远远的云罩住了山脚。耳朵里装满了北风的声音，对面说话也听不见了。这样的景致是何等的雄伟高壮！

下望居庸关——去年我们去过的，也是很高的山。介泉要走到城上，风势急，城势峭，竟上不去。——真像三层楼上看平屋了。从前人说，在八达岭看居庸如窥井，那未免形容太过。

上去还好，下来真不易了。城势既峭，在在有滑跌之虞。向来城墙的朝外一边，筑雉堞的，朝里一边，筑砖阑的。中途的雉堞已经坏去了几十丈，北风的来更无遮蔽，吹人到南面去，幸亏南面还有砖阑，不致吹下山去。然而靠到南面的砖阑，竟又被风吹住，不得动弹。下去又难又险，不下去尽让风吹，又觉得抵挡不住。这时禁不住涕泗交流（并不是哭，是冷风吹出来的），暗暗地叫苦了。用力！冒险！才到了城脚。

奇怪！霏霏的下雪了。北京这几天很温和，哪知隔了一百二十里的八达岭便冷得如此。这雪落到我们归去还没有停，想来要落一夜了。李太白诗“五月天山雪”，如今我们虽没到天山，却在八月中受到了八达岭的雪，总是一纪念了。

到了这个地方，才见得从前战伐徭戍之苦。想着前代燕赵筑城，秦魏唐明修城，是何等样的艰难。东胡、鲜卑、契丹、金、元、也先等之与汉族交战，是何等样的辛苦。不要说战的时候的“肝脑涂地”“血流漂杵”的惨目伤心，便是不战时候的守兵戍卒长年的吸风吃雪，又是怎样的可悲。况且我们所到的还是长城的内城，不是长城的极边。若到张家口等处一看，说不定更要起怎样的感慨呢。

十六

一样的自然界，一样的人的社会，既都是可以供给文艺家做创作的材料的，就应该不论何时，不论何地，都有极好的文艺品产出。何以丰富于这一代的，又俭啬于那一代；丰富于这一地的，又俭啬于那一地呢？

我想文艺家的能事，如果只在记录围绕他的一切而止，则不论何时，不论何地，都可以有价值等齐的文艺品产出。其记录得最详细、最确实的，自然算是最好。但这也是大家可以做到的。无论如何，文艺家的能事决不在此。

文艺家决不是一切的忠仆和书记官，他也不是冷淡的傀儡似的一个能作文的人，只随意记些所见所闻以为消遣。总之，他不是役于一切的。文艺家有他的修养，所以有他的世界观和人生观，有他的自我。他本着这个接触一切，自然有他独特的情绪、独特的理想。于是他将这些用艺术的手段写出来。所写的自然也不过是人生之断片，永劫之流的一滴，然而化了，化而为文艺家精神所渗透的文艺品了。

在派别上面，其实不生什么关系。所谓写实派和自然派，曾自称为“忠实描写，不参主观的意见”，总可谓作者和作品分离的了。然而何尝真能分离呢？试读无论哪一家写实的作品，于其描写被侵害与侮辱者之处，彼虽不痛声疾呼若辈如何如何痛苦，如何如何可怜，而字里行间总隐隐流露同情和怜悯的热诚。这犹是笼统言之。而究其所以然，则以此等同情于弱者之心，实为一般文艺家所具有之最普遍的情感。蓄于中者深，自然流露于不自觉了。即在下愚，犹有恻隐之心，而况文艺家有特别富厚的情感。

同此一例，故作者之精神如何，即从其作品中映射而出。此无待故欲表显，亦莫能故为隐匿。所以文艺家之能事在以自我为中心而役使一切。一切供我以材料，引我之感兴。彼辈固有其精神，但至少亦须与我之精神相融合，而后表现于作品之中。更设一喻：艺术家以自然为最美，艺术之能事即在表现自然。此似乎不容有艺术家之精神参与其间，只有退居自然之幕外而为之忠实摹写。然而不然。觉知何者为最美，以及表现自然之内在的生命而不徒摹其外象，若不以艺术家之精神为中心，哪里做得到？所以可以说：没有艺术家之精神，自然虽至美，决不会有艺术。

文艺家的自己修养愈益精进，则其自我愈益完成，其作品中所映射而出的精神也愈益显明。大凡名作家的作品，我们即不看署名，往往可以断言其为谁作而无误。此不独文艺为然，艺术之事莫不皆然。赏鉴家所以能辨别书画之真赝者亦在此。

同样的抱人道主义的两个文艺家，他们即以同样的事实为材料而著为篇章，依旧各有各的特色，不会浑然无别，如出一手。此何以故？因为事实固然只是这一件，而文艺家精神所注却可以有多方面。我于此事之这一点寄其悲悯，彼于此事之那一点抒其感慨，成为慰藉之语，成为呼吁之声，彼此就不同起来了。就形式方面讲，各人又有各人的格调，也是不会混同的。从事文艺的人常常有一句话："这个题材已经给人家发挥净尽，更没可供写作的余地了。"我说，凡是真有自我的作家，即发挥得烂熟的题材也可以产出鲜花似的作品来，因为精神所寄不同强为，一定是新鲜，一定是创作，决不是烂熟的陈套。于此可见文艺的生路到处皆是，你有精神役使一切，则可以创作无穷。不论何时，不论何地，你都可以将你的精神融化在里面。你就是一切的中心、一切的先导，这是何等地可以自傲！

除去从前玩物的一类作品不算，现在很有几许心欲趋向真的文艺的作品可以看见。但也有不能动人的在里面，或者是表现不充实，或者是意境太平易。这个缘故很简单，只在作者没有独特的精神，换言之，就是作者的世界观和人生观还没有立定根基。但这个殊不足以使有志的人气馁，因为心欲趋向真的文艺，已是认定了个最正确的鹄的，所缺者磨炼的工夫和修养的工夫罢了。从此努力加工，哪有不能达到鹄的之理？

愿我们于读书观世之外，更加意于自己磨炼，自己修养。既有独特的精神，不患无独特的作品。

十七

提起小说，大家就会想到这是一桩故事，里面包含着许多曲折，或是悲欢离合的情节，或是出奇异常的行径。吾国所谓小说，除了几部特别出色的，差不多都是这一类。它们都是笔记式的体裁，起讫分明，贯穿一气，便称佳作。他若外国的侦探小说、历史小说、言情小说等（我只读了些译本），其大部分亦仿佛类此。读完了一书，所得的仅仅是一桩故事。他人要我们讲些故事消闲，这些小说就是我们的材料取给所；而他人听了，所得的也仅仅是一桩故事。

这些小说，以我笼统的见解而为论断，其作者与作品常常分离，不相应合。故其所表现每为事事物物之表面，而不能抉其内心。以画幅为喻，则犹如照相片，仅留物之死板的外象，而不能表现其活动的内蕴的精神。更以作者与作品分离，作者之精神不能从作品中映射而出；且以为撰作之事初无关于作者之精神，但求能执笔缀文已为满足。我们可以从一个人的多篇作品中发见其矛盾之点，或者一篇之中也能寻到。在吾国旧时小说中，圣功王道和男盗女娼有时同居于一篇之中，而且双方均不出于至诚，而有一种“姑作如是说”之态度流露于不自觉。

我不知外国小说的源流，就所见译本中观察，似乎在多种倾向里有一种倾向，就是越到近时，大家越认定作者和作品是一体而不是分离的。因此，作者和读者，一方把以前视作小说为暇豫遣兴之事的观念，一方把以前视小说为消遣品的观念，都改过来，大家有个新的观念，视小说为精神生活上一种重要必需的事物。换一句话说，就是小说和人生抱合了，融合了，不可分离了。唯其如此，小说的内容不能不有异于前。仅仅一桩故事未必可以为小说，而极平凡极细微为大家所不注意之事，一经文艺家精神贯注，融化而出之，或者反成名作。而且不一定有事实有曲折，即作者一己之感想，脑海波澜瞬息起伏，亦无妨抒写。

读了外国小说然后创作，固然是很不妥当的办法。而上面所说外国小说的一种倾向，却是创作的一个前提，已经给我们以重大的指导。作者若有独特的精神、浓厚的感情，则不论若何平凡细微的事，乃至全无事实而唯有感想，都可以为真实的动人的小说。

有一种小说杂志，于其数篇之下标曰“新体小说”，因而推知其余为旧体。观其如此标示，意若谓两者不妨并存，初无批判于其间。而一种报纸上又大登其点名续作之“集锦小说”。这些虽是平常而经见的事，但总是文艺界的忧虑。

十八

我常说，文艺家创作，应当绝无顾虑，绝无容心，凡派别与主义之何属，批评家对之作何评论，概不措意。苟注意于这等旁的种种，则其引起创作动机之浑然的情感已化而为破碎支离，或且以多所迁就而失其最初之本真，其作品必不能成最好的了。

文艺家固亦有需于批评家。一篇文字已成之后，文艺家自视之觉得已完全表现我当初之情思而深惬于心，倘若仅取自娱而不欲示人，或者不希望此篇为更好的文字，固然无所需于批评家。倘若欲以示人，或者我以为此已最好而实有视此更好的可能，则文艺家就有待于批评家的帮助了。

无论什么事，决不是粗疏的工夫可以做得来的，文艺品更是如此。我们撰作，虽说这个工夫等于写录，并非故意的做作，然而此写录云云，并非漫不经心任笔所之的意思。我们应有画家描绘景物那么精细，音乐家排次音律那么和谐，雕刻家刻凿模像那么致密。这等都是写录的工夫，然而又不仅仅是没有灵魂的机械的写录，文艺家所谓写录应是如此。

文艺家既然有了以上所称的工夫，其作品还未必一定能好，此其故亦复多端，或由于实质之本不完美，或由于情感之未臻深浓，或由于表现之不能活跃，或由于风格之没有殊致。这等在作者自己往往一再审察而不能发见，所谓当局者迷，确是有的。批评家于此就可以给文艺家许多帮助。批评家用分析的方法衡量其各部之是否完美，更以整个的印象而批判其是否浑凝，据其所得，撰为评论。这就是文艺家一面光明澄澈的镜子。（文艺家也可以析自己为二，一方为作者，一方为批评者，只须视自己的作品与人家的一样，就也可以从自己的镜子里照出自己来。）文艺家恍然有悟，即据此而修正自己的作品，凡诸缺点，去之务尽。于是以示人则更能动人，论其价值则视前更好了。

由前所说可得一义：文艺家于创作之时，固当只知创作不知其他，以保持其独创之情性，而成篇之后，则当极虚心地容受批评家的意见，修正自己的作法和作品，以期达于更好更动人之境。

现在时代，文艺界似乎不似从前这般寂寞，但严格说来，真的文艺家实在不多。我尝和友人说：在现在这等社会里，大家看什么事都没有诚意，感情又非常薄弱，文字供消遣的观念还深中于一部分人的心里，很不容易产出真的文艺家。这个当然不是一朝一夕变革得来的，要这些都改了过来，才容易产出真的文艺家。所以至早的说法，真的文艺家现在当还在幼稚园里。

批评家与文艺家是相辅而行的，现在的批评家又在哪里呢？

我欲文艺的曙光烛照我们的土地，不禁触处有感而起无穷之忧心。

十九

听人说，俄国人酷嗜文艺，他们视文艺为生活上的必需品。许多文艺家乘此机会，便借文艺以启导民众。至今俄人竟先成为觉醒的民族。我于此说殊觉其有味，但也使我反顾境内，不怡于心。一样是人类，何以他们遭了困苦的境遇，演了灰色的悲剧，终乃产出伟大的文艺家和爱好文艺的民众，使这等背景逐渐改变，而在我土却大不相同呢？

一部文艺作品的产出，无论是创作或译述，我想一定比某督军到哪里，某阁员没有出席更重要而有意义。但是人家往往注意于后者，而于前者则漠不关心。便是偶然和文艺品遇见，他们很不经意地看了一过就算了，更不会深切地感动于心，萦想竟日。有的更因情思和己不同，仿佛食品不配口味似的，还要信口发出些无谓的批评和诅咒。报纸杂志所载的文艺品更和河里的泥沙一样，再也不会引起人家的注意。出版的日子去得远了，这等作品也就埋藏得更深了，谁还去发掘出来一尝其滋味？这是现在一般人对于文艺作品的情状，在例外的只有很少的人。

有人说，中国的文艺作品太少了，在这很少的范围中不一定有可以动人的，所以大家不加注意。但是现在通外国文的人也不少了，何以对于外国的文艺作品也不感兴味，只将所通的外国文为维持生计的工具呢？其间对于文艺有兴味而肯负介绍和批评的责任的又只有很少的人。

更从他方面讲，我国人又未尝不欢喜亲近文字的作品。我坐在航船里，遇到顺风，舟子就拿着一本石印细字的小本子在那里阅。火车里面的乘客也时常有同样的情形。店家的伙计也有这等嗜好，柜台就是他们的书桌。便是一班乐生享福的先生们，也要买些杂乱无章、名副其实的杂志，看看里面所载的小说、戏剧或诗歌。有些学生们也是这样。

这等人所求于所读的东西的只在消遣。他们一切都看得不过如此，自己落在不幸的陷阱中，已是很少感受而不觉得什么，便看周围的人们也和自己差不多，便信自己之所处并不是不幸。于是对于一切没有问题，只任物质的自己一天一天地活下去。既没有问题，当然没有什么欲求解答，因而真的文艺送到他们面前，他们反而要疑忌而却步。这于我们何所用呢？谁要去研究探索这等不关于己的问题？谁耐去上这等沉闷的功课？我们闲暇无聊时，取些可供玩娱的书消遣就够了。

需求和供给原是彼此呼应的。一般人有这样嗜好，所以有在报纸上大书特书而不可以言文艺的小说，所以有多方杂凑不具宗旨的杂志。

这里批评家又应负有一种责任了。他应以清明的目光、诚恳的意思，介绍真的文艺品于群众，逐渐导他们于嗜好文艺，视文艺为生活上必需品之途径。一方竭力抨击供应人以消遣的作品，使之渐就减少而终达于零。如是，文艺才能和群众接近起来。

二十

读别国的文艺品，最重要的在领略他们的思想和感染他们的情绪。但是获得了这等思想情绪，不就是情绪终止点，也不是从事创作的发轫点。什么事情固然贵乎自觉，其与外铄，有深浅精粗的不同。但严闭的心幕往往因无所触发，竟没有觉悟的机会。而一语之启示，却能引起深切的醒悟。启示之来袭我心，如响斯应，深深印合，虽云外来，实亦内感。此与纯由自觉者似异而实同。外国文艺品之可以帮助我们者就在这一点。我们固然有自己独特的思想和情绪，但一与别国的融合，或将更为高超而深挚。文艺的发展本是多方的，而其总共的归途则一。我们读了别国的文艺品，或且更易接近于总共的归途。

这说的是读别国文艺品的要旨。其实读别人的作品统是这样。除此而外，我们再也不能从他人的作品里取得什么。如当创作之时，于他人作品的实质方面或形式方面一有取携，便同写字的临摹、图书的翻版，只是徒劳精力，不能为文艺界增益些什么。

宇宙之大，事物之众，哪一件不是文艺的实质，哪一种结构不是文艺的方式？许多爱好艺术的人说，宇宙就是一首伟大的诗篇，岂是虚语？所以有独创的精神的人，其创作决不会与人从同，他也不肯与人从同。假设两个有独创的精神的人就同一事物而各以文艺表现出来，他们还是各有各的精神，各有各的形式。本来文艺之事不同机械，是穷极变化而各臻其妙的，哪有从同之理呢？

许多文艺品到我们的眼里，哪一篇是作者感受极深，不能自已而后创作的，哪一篇是作者好为弄笔，模楷他人而强作的，往往很容易辨出，仿佛他们自己标注在篇末似的。这个办法也极简易。凡是取材不拘于一隅，形式又极其变化的，大都属于前者。其属于后者的，往往可以归纳为一个公式，那些作品只是从一个公式里编列出来而数目不同的几个算式罢了。不但我国笔记式的小说有公式，便是近今所见的言爱、言侦探、言妇女和劳动界的痛苦的小说，其大部分不也可约之以一个公式么？

凡是配合公式的作品，作者不一定有精密的观察，不一定有浓深的感兴，只须随意找些人物和境地就可以成篇。这个法子固然很容易，要每天有作品产出都可以。但是有独特的精神而于文艺抱真诚的人必不肯如此做法。何以故？就因为辱没了自己。

大家摆脱这等公式，注意于自己的修养和宇宙的观察，自然可以成很好的作品。愿从事文艺的同志们都上这一条路。

二十一

前天同几位朋友闲谈。一位朋友说："有一个外国小说家，他不论到哪里总带着一本小册子。遇到使己感动的景物，或是表现出种种不同的性格的人物，或是富有意义的一段事情，虽然一鳞一爪不成浑然的全体，总要竭力记录下来——材料丰富时也许很占篇幅，否则即一句两句也就完事了。待到他创作一部小说时，大部分材料早已在他的小册子里，随事随情，取给无穷。”又一位朋友说：“这个作法我不很赞同。”他没有说出不赞同的意思。以我猜想，大约以为许多人物情景既然从异时异地采集得来，现在拼合一起，必然有种种不调和的地方。不调和便是破碎支离而没有活气，这是文艺品之大忌。所以这个作法是要不得的。

我想这位小说家的作法和我的又一位朋友的不赞同他的作法，竟未可遽尔断言孰是孰非，因为这个还须看作者之精神和艺术如何。作者之精神和艺术很高，用了这位小说家的办法可以使他的作品更益完美，如果差一些的，用了这个办法就可以使他失败。以下请申言此义。

所谓作者之精神高的，他的思想必然独立而不事依傍，他的情感必然深厚而观物入里。他做出许多的作品，总是极强烈地显出他的个性。设个不一定确当的譬喻，他仿佛是一根索子，无论什么东西穿上，都是很配合似的成一贯的次序。他随时随处加意观察，就随时随处得到经历，这些事物固然是各各离立，不相凝合，但一入他的经历，给他的精神的力灌溉一过，就融合为一，凝成浑体了。他从事创作，必然觉得有一个浑然的有机的意思必须倾吐出来，虽然所写的是今日此地的事，也许写入往日别地的经历。他并不拘于时和地，他只知表现他这个意思。许多成功的小说家差不多走这同一的路，虽然不一定用小册子，而深入自然精密观察，却是一例的。他们平时的经历越多，他们的作品也越丰富、越活跃。一篇作品之中往往不是作者一时的经历。作者创作动机的引起确是一瞬间的事，这一瞬间，既往和当前的经历凝集于心，不生分别，抒写出来，不伤其为浑整，那就是佳作了。

至于艺术，这是无论哪一派的作家都要具备的。一事一人的背景、一言一动的情态，虽然不可故求雕琢，落到虚伪非真的程度，而欲其越调和越生动，当然于真实经历之外需加以艺术的制练。浅略地说：于小说中描写一个地方一个时候的景象，以为书中人物事情的背景，自然要以最与那些人物事情调和的写入。但真实经历所得却并不十分调和。艺术极高的作家就能于他的经历中取一个最适合的来换上。小册子里的记录和记忆里的内容，到此一样地具有大作用了。而小册子里的，因为实录当时的见闻情感，或者更为真切而活跃些呢。

至于精神和艺术俱尚待修炼的作家，如用此法，自精神上讲，则于一篇中或者要显出矛盾的地方，因而无以见其个性；自艺术上讲，则或者要露出琐碎拼凑的痕迹。我们读小说不是有时要觉得莫解其意旨所在，或觉得有些材料是强为加入、可以不用的么？从稳妥的办法，还不如就一瞬间一经历所得，尽可能的力量表现出来，不当此为玩耍而出之以诚意，反可以成浑整完善的作品。

自然，伟大的小说家属于前一类人。我们有志于文艺的不妨先居于后一类的地位，慢慢修养，当然也可以成为第一类。

二十二

大凡一国的文艺自有其独特的性质。试取若干篇章使紊然杂厕，也容易辨认孰为某国之文艺。这一种独特的性质便是一国人的真优点，其文艺在世界上有位置即由于此。而野心家所鼓吹所教训，笃旧者所保守所争持，虽一时也或震耀世人的心目，实则决不是其国人普遍的特性，入于文艺就不能增其光彩。

文艺上所谓各国民众之特性，并非如政治家等所云，有此可以与他国相抗衡。此种特性源于自然，内基于各民族之天禀，外化于天时地势人事之种种环境，遂融结为种种性质。人之境遇受支配于经济和政治者至大，而经济又与政治实为合体。所以在同一政治范围内的人们其境遇大略仿佛，其特性之外显也就大略相似了。

拟古主义的文艺里难见各国人的特性，因为那些文艺之前，还有个型式在那里，作家着眼于型式，向之而趋，越努力越无以显此日此地之真人生。必待文艺已含了写实的精神，对于一切真实不虚，而后所表现的为真的人生，里面自然含有民众之特性。

近代的文艺里，俄国的最显出他们民众的特性。他们困苦于暴虐的政治、艰难的生活、阴寒的天气……却转为艰苦卓绝希求光明，对于他人的同情更深，对于自己的克厉更严，这就是以爱为精魂的人道主义。俄国的文艺里几乎无一篇不吐露这一种福音（就我所见译本而言），不单是对于受痛苦者悲悯，尤能于堕落者之心灵中抉出其未尝堕落的真性，以为若辈更生之勖励。可见俄人对于他人无所不爱，敌人击我骂我，我正怜他而欲为劝勉，或者是他们的常事呢。俄国的文艺里有最丰富诚挚率真的情意，几乎没有玩笑的语句、卑陋的意思。这也是当然之事。视人生为醉梦的人们对于一切才诽笑、轻薄、虚假、冷淡。俄人视人生至真诚，爱人又超越寻常，形诸文艺，自然使读者如遇恳切诚挚的好友了。

日本的近代文艺，以前不大有人翻译。以我臆断，或者因为他们有些人不很使人满意，就此连他们的文艺也看不起。改一句成语来说，是恶屋及乌。这种成见不是治文艺的人应该有的。他们新文学运动已有数十年的历史，今且入于已有成功的时期，定有许多很好的作品，以成见而不为介绍，终究是爱好文艺者精神上的损失。曾以此意告绍虞，请他翻译几篇。近来读到几篇译作，觉得他们的文艺也有一种特色，差不多可以一望而知。他们的文艺里含着深浓的爱和清丽的美。他们也爱好和平，憎恶争斗，和一切人们相爱，但并不与俄国文艺同其面目。一件细小的事故，一句平常的话，通过他们文艺家的情思就化为爱和美的融合体了。我想农业国里的人因为亲近自然，事必互助，所以爱他的观念很发达，而且喜欢和平。一班侵略派是私欲迷了心的，是以和他们的伴侣则是相反，我们且除开他们算。俄国农民最多，日本也是农业国，所以国民性俱有人道主义的倾向。而日本景物清丽，胜游无算，更养成了尚美的特性。二者合并以入文艺，就成了日本文艺的特色。

文艺可以养成美好的国民性，美好的国民性可以产出有世界的价值的文艺。我国近来新创的文艺里似乎还不见什么特质。这是文艺家应当注意而努力的。

二十三

文艺批评是文学上极重要的一种业务。文学进步的民族对于这一事剖析精微，综观指归，和治科学的抱一样的精神。这固然是非常之好。但在新创文学才有萌芽的民族里似乎不十分适切。且无论批评家与创作家往往是同时诞生，没有伟大的创作家的时候，未必会有伟大的批评家，即有之，也与当时的一般人不相呼应。他的批评虽好，而社会既不解容受，作家也无从得益，这也是徒劳的事。所以在今日之中国而为批评家，眼光断然不可降低，然而不妨只讲大体，但就作品之精神方面衡量，而置精微于不论，列艺术手腕于次要。如此，才可慢慢导引，慢慢修炼，以期作家和读者同时长进，而共进于文艺复兴之光明时期。

我尝告友人说，我们评论作品，最重要的是那位作者的人生观须是在水平线以上，作品差些还是其次。友人很以我言为然。我们认定真实的作品里必须含有作者之精神，作品与作者决不是彼此分离的，我们就应先评论作者。作者不可尽识，更不可尽审其人生观之如何，然而有他的作品在，那就什么都不能遮掩。每一篇作品无不呈露作者之态度，或是真诚，或是玩戏，或是恳挚，或是冷薄，一一自己显明，望而可知。态度何以各各殊致呢？就因为各有各的人生观。我说只须求其在水平线以上，则以我们有许多伴侣玩世不恭，物质迷心，不流于空虚便堕于禽兽。以言人生，实属不甚确当。以此入于文艺，文艺岂不遭其玷污？倘若其人已有人生的觉悟，衡其程度已超出于水平线之上。其人苟有所作，对于黑暗方面必然有所深恶，对于光明方面必然有所希求。虽或艺术手腕不很高，表现和描写不十分充足和真切，而必有供人一读之价值。且其根本既然树立坚牢，则从此而渐趋发育，正大有希望。譬如黑色的质料，要做白色的衣服，那是万万做不到的。既然是白色的质料，则任凭什么式样的素洁的美丽的衣服都可以做成，只须你有剪裁缝缀的技术。所以现在的批评家当赞许作者持真诚的态度，人生观在水平线以上的作品；同时那些反乎人生的作品，应当给予严正的攻击。凡是作者抱着一种观念，我写这些是供人家消遣的，那就该受攻击。文艺决不是供人家消遣的东西。你要供人消遣，便是你对于文艺态度不真诚的表示，便是你的人生观尚未能与水平线相齐，你的作品就要不得。一般的群众是盲目的、冲动的，没有批评家冷静的审察、明亮的提告，也许要认粪土为珠玉。批评家的责任不重大么？

二十四

我常常觉得我每篇小说的作成是受了事实的启示，没有事实我就不想作小说。那些可以归纳为公式的小说固然可以赶快制造，限时交货，可是我不愿意那样。我想事实纵浅易平凡，我们如能精密地透入地观察，就可以发见它的深浓和非常。这深浓和非常，论其德必然含至高之美，论其用必然深切动人。倘若离开事实，更从哪里寻找供给我们作成文艺品的材料？

我们遇见的事实多极了，不尽能作为小说。必须自己对于这一事感兴非常浓厚的，而后可取为材料。这个理由很简单：万物万事本来都可为小说，而各人对于它们的感兴都不尽同。倘若我对于这一事异常淡漠，那就只见其为一事一物而已，以此抒写，使之再现，更何能引起他人的感兴呢？自己的感兴非常浓厚，则此事活跃于心，既为整个，且含生气。当不曾写出来时，未尝有此篇无数之单字和种种不同之语句，但此篇之思想情绪萦绕于脑海，其味醇美，作者已比读者先自享受而得无上之慰悦了。

复次，我们要写出这些事实，并不是为它作记录，实因从这一种劳力的经营里，在己可以寄托独到的思想感情，换一句说，就是表现自己，这是人生第一等满足的事；在人也可从而增进无量的了解、安慰和喜悦。知乎此，则无论所写是极黑暗极卑贱的事实，总有强烈的反抗的呼声和希求光明的祝祷潜藏在里面。即所写为一件光明欢愉的事，也决不仅仅歌颂这光明欢愉而止，必然可以引起人高尚妙美的同情，而作更进一步之想。这才是具有伟大的能力和价值的文艺呢。

材料既已选定，不可以随意写出，最重要的就是剪裁修理的工夫。这一个工夫的目标，在乎求全篇之更益完整周密，而并非虚伪文饰的技巧。于是一切枝叶必须去得干净，凡是以破坏全体精神之完整的一句言语、一个动作，都是必须除去的东西。他如什么不调和不匀称的人物景色，也必须加以适宜的艺术制练，务使其合于美的条件。无论何派作家，写实总是承认的，这好像是一种基本。以人类表现人生，当然写实。但所谓写实，乃就人间世所实有的一切而表现之。所以因不调和不匀称而有所易换，只须无妨于本体，也是可以容许的事，而且因此可以收更美满的结果。

于是开始动笔了。虽然我们所用的是人家已用惯了的许多单字和人家或者已经作过的许多语句，但我们须悉数忘却，他们与我全然不生关系。我们要就心灵所感觉的，以独创的语句表现之，以自己的智慧用每一个切当的字。愈欲其真实，愈须独创。末了就是完篇之后的诵读了。这个能告诉我们哪一句没有神韵，哪一字不活跃。我常常因诵读而修改原稿至于多次。

二十五

我们从事创作，须牢记着这创作二字。天地间本来没有这一篇东西，由我们的劳力创造出这一篇东西来，要不愧为创才行。单单连缀无数单字，运用许多现成的语句，凑合成篇，固然不可谓创；即人家已经说了的话，我用文字把它再现出来，也不可谓创。必须是人家不曾有过而为我所独具的想象情思，我以真诚的态度用最适切的文字语句表现出来，这个独特的想象情思经这么一番工夫，就凝定起来，可以永久存留，文艺界里就多了一件新品。这才不愧为创呢。

如此说来，创作不是很难了么？人们的想象情思往往相去不远，哪能有这许多人家不曾有过而为我所独具的呢？我以为这一层忧虑殊可不必。同是人类，心情一切固然相去不远，但相去不远的是粗浅的浮面，决不相同的是精微的内心。文艺之事本来导源于心灵，果真我们的心灵明澈而机警，则不求其与人立异，而自然不与人同。譬如我们见一个十五六岁的女子抱养婴儿在那里哺乳，若徒观外面不为深察，则只见一个幼稚的母亲哺伊的婴儿罢了。感念一动，涉想便人各不同：我同情于母亲，怜其无知而已负重任；或注意于婴儿，悯其天禀之必殊脆弱；或味深意于天真之爱；或致惋叹于民识之稚。大略言之已如是。更加以时空之背景、互异之观点，其精微不同之处或竟达了千万。不比几十个小学生同算一个加减法的算题，得数会完全相同。还忧虑什么呢？

所以我们欲有创作，决不要逞空想而从事猜度，也不要抄捷径而思得倚傍。文艺以情感为要素，情感不是可以悬拟或假借的。猜度即病不真，倚傍即病无我，都不会成就很好的创作。我们要以心接物，极真诚地和一切抱合，极亲爱地和一切流连，细至一花一草，大至社会群众，我们都要认识他们的本真。因为这等本真通过了我们的情思，而我们与这等本真所附丽的一切又是混凝为一的，所以也可以说是我们的本真。将这些写出来，是世界一切的真相，同时是作者所独具的想象情思的自己表现，是作者的生命的痕迹，里面含有个性。好的文艺无不是这样，而以心接物的作者又极容易做到这样，并不是很难的事。我们尽可奋勇努力，舍去曲径纡道，无所恋恋。我们的前面全是康庄。

写出来须以最适切的文字语句，其实也非很难的事。言语的根本是情意。情意是独具的，所以语文也有特别的风格，彼此各殊，不会混同。我们尽可大胆地率真地写我们的文字。传习的语法，典故的借用，都足以使文字与情意远离。我们一概不去理会它们，自由挥写，方可以完成很好的创作。

二十六

真好的文艺往往使人起一种无可名言的感觉，往往使人感泣。不特因写出人间的深潜的悲哀而至于感泣，即描写人间之至爱、之最乐，也使人如饮醇酒，入于陶醉的境界，无可奈何，唯有感泣。当这深深感应至于感泣的时候，世界尽归遗忘，自己是世界的一体，自然也归遗忘，唯有这超越的心灵与文艺中之精神粘和融合而为一；一切嗜欲是没有了，一切畛域是没有了，小我无余，只见大我：这是我们可以从文艺中得到的享受。

久安于迷梦的群众，茫然无觉，只是徒生徒死地相续不绝。一部很好的文艺品出来，可以使群众从迷梦中跳将出来，急欲求索人之所以为人。一民族里具有很好的特性，但隐而不显，偏而不普，即无以见特性的效力。一部很好的文艺品把它表现得切实而显明，立刻可以使这个特性普遍于全体，特著于世界。文艺发达的民族里，这等例子实在不少。

人与人之间若是平常地相处，无不是异常隔膜。自己一个牙齿作痛，心焦气闷，闹个日夜不休，过后还要絮絮地向人讲怎样痛楚。若是人家跌伤了头，呻吟几声，就要嫌他不耐烦，晚上更要恨他扰我的清梦。这虽是极平常而不值一讲的事，里面却隐隐地露出人间的寂寞和干燥来。更看我们每天所经历的种种，有几件超于范围之外，不是这个样子？

要使我们的生活丰富而有趣味，一定先要去掉这寂寞和干燥，那就必须打破人与人之间的隔膜。隔膜既破，彼此的心都是赤裸裸的，连一层薄雾似的障翳都没有，而后可以互相了解，互相慰悦，互相亲爱，团众心而为大心；一回呼吸与全世界之呼吸相通，一个感觉与全世界之感觉相应，小己的狭小，扩张而为无穷的广大。这是何等新鲜有味美妙可爱的生活！果然达此境界，则一切消极的问题全可消除，只有求生活的更益向上，更益进化，是人们的努力。

我们希求这等生活的实现，当然要寻得一条正当的路径，取得一种适用的工具。制度的改造固然可以收一部分的效验，但内心之事恐非仅仅改革制度就可以奏功。能够担此重任的只有艺术，因为它的职务在表现一切的内心，而尤以文艺最为适切。文艺如流水，最易普及，人们接近文艺最为便利。有真切动人的文艺，则作者与读者之心、读者与读者之心，俱因此而融合。或在天之涯，或在地之角，形迹隔离，曾不足以阻精神之交流。上面所说文艺可以使群众兴起，民性显扬，不是足以表明这个是可能的证据么?

我这一些意思，是说明文艺有一种极大的势力，就是打破人与人的隔膜，团众心而为大心。我所以歌颂文艺，歌颂伟大的文艺家。

二十七

近时之新文学运动自然是受了西洋文学潮流的鼓荡而兴起的，但决不是抄袭和贩运。介绍外国的文学作品、文学理论、文学源流和文学批评等等所以重要，所以有价值，乃在唤起我们的感受性，养成我们的创作力，也就是促醒我们对于文学的觉悟。本来觉悟这件事非常奇怪：不得其机，往往累千百年而群沉酣梦；一人高呼，立时万众跃起。其在个人，往往师友劝勉、典籍熏陶而一无所成；常人之一语，偶然之一会，灵心顿会，反而大得解悟。国人对于文学素抱一种谬误的见解：一方视为玩弄之具，一方视为卫道之器。本此见解而从事撰作，当然长居于黑暗时期，没有永久辉耀的作品出现了。这是个深沉的酣梦，是必须促使觉悟的。而介绍外国文学便是一种最重要的方法。

和外国文学接触，当有几种想念：他们的文学是什么东西？什么作用？他们的撰作持什么态度？什么方法？要都能解答。不是说一切顺从仿效，而是可以和素来所持的见解两两比较。经过一番诚实精确的比较，能够辨出个优劣是非来。至此，我们对于文学的见解更新，从酣梦里觉悟了。这个绝对不是摹仿，因为感而有悟，悟发于内，是自己的创新和进步，是真实的获得。但是这里头有一层重要的意思，就是从接触而想念、而解答、而比较、而觉悟，先必须能够深切地感受，才能有最后的真实的获得。否则只见外国文学的形貌，一切想念且无从生，更何能有获得呢？

感受性和成见及玩戏态度是相拒的。本来文学上的趋向也同别的事一样，只求个更优善更完美，没有己国和别国的界限可言。不幸我们的文学沉埋于黑暗时期，根据我们的向上心，当然要择善而改趋。但是许多有成见的，以地域言，则己国的无一不粹，决无可以易换；以时代言，则古昔的必胜于今，因而不胜仰慕。存心若此，则接触之先，对非出我土不属古昔的，已预有排斥之心，及其接触，自然轻蔑掩没了审察了。至于以撰作为玩戏，又是国人的习惯。诗钟谜语，群视为文人雅士的逸致。即自以为有为而作的大文章，也多含有傀儡登场的性质。他们既视文学为一种玩具，则与外国文学接触，自喜得到一种新的玩具，也会以此供他们无聊之消遣。其较好的，无所知于根本，只为盲目的服从，摹仿形式借取材料以为创作，究其实也是玩戏之伦。这两等人实际是一条路上的，因而不能觉悟是当然的。

因为有成见和玩戏态度，对于文学的见解不能觉悟，于是介绍外国文学以图促醒。觉悟虽不仅由于外国文学的感受，而感受确是促使觉悟的一个有力的要因。然而那种根性还在，那就无论迎拒，都不能深切地感受。见解既无改于旧，哪里会有新创的文学？而且这样的如环无端，也许没有一天会跳出旧轨来。新文学的基础现在还是非常薄弱，这个当是多种原因之一。

对于外国文学，摹仿或袭取是自堕魔道。但感受而消化之，却是极关重要。我不是说这个是最终点，感受而消化便是满足，我的意思是必如此才有对于文学的觉悟。这仿佛一条水平线，由此上升，乃有无穷的汹涌灿烂之观。

二十八

前面说文艺有一种伟大的力，可以团众心而为大心，此就其积极方面言。其实于消极方面此说亦合。我们无所痛苦于现在，即无所希求于将来；不感一切的不满足，即不复求有所满足。必须感到不满足，感到身心的痛苦，便努力趋向光明，务欲得到一个胜于现在的境界。可见这个“感到如何”的感觉，实为向上进取之源。要引起这种感觉，文艺就可以显出它伟大的力量。有许多人久处陷阱之中，因为无所激刺，也就安之若素，毫不起反省或疑问之心。有许多人天天号苦，刻刻烦闷，只是凄惶悲叹，而不知此世此地，真堪谓痛苦者不在此而在彼，己却只见其小，罔识其大。有许多人盲求冥索，志愿不遂，毕生碌碌，竟无成功，而不知人生所趋原非此途，认的既误，更何成功可言？这一班人是何等地不幸！然而遇到伟大的文艺，他们就会忽然跃起，觉旧境之不可再居。或者认识到真实的痛苦，而奋力求所以解免之方，期达于心安愿遂之路；或者改正人生观念之鹄的，从此而得到新的生命。伟大的文艺何以能收这样的效力呢？因为伟大的文艺必能汇集一时代的精神现象而活跃地表现出来。那些作者观察时世，有感于心，本其一己之精神，传状一切之微奥。他不仅以如实写记，单单给人家看一个实况为满足，而于示人实况之外，还要指出一条路径，那是超于实况的，引人家去访问，然而又不是教训。一般人感受了他的思想情感，不知不觉地如火炉添了煤，自然会烘烘地发出高热来。如此，不是文艺于消极方面也能团众心为大心，使群众齐趋于向上进取之途吗？至此境界已不复为消极。伟大的文艺对于群众只在激起，只在提高，原是绝对积极的东西啊。无论属于什么派什么主义的，究其极，察其精，差不多都是这样。

在一个广大的人群里，骤然问：我们现在的精神现象是怎样？我们的悲苦是什么？我们的希求是什么？我们的优点和特性是什么？恐怕一时要答不出来。便是答得出来也不见得确属真际，绝无误会。有人说，要求这等的解答也非难事，详细的调查，精密的统计，都能满足要求。我以为不然。这事是属于精神的，不同物质数量之学可以统计，即统计而成，也是一种死板的记录，可以入人之目，难能感人之心。唯有经过文艺家精审深入的观察，体会其真际，而又伴之以深浓的情感、艺术的描绘，故能遗其粗浮，显其精髓，写成一种创作。读者对之，至于忘其为文艺家之作品，只觉即此篇幅便是自己生活的总和，己之忧喜悲欢即书中之忧喜悲欢，己之思想行径即书中之思想行径。又因书中实寓有作者之最高精神，所以于深切感受之际，即不自知觉地被引入于向上之路。除了文艺之外，若调查、统计、报告等，可以做得到这样吗？一种作品表现时代的精神现象愈真实、愈活跃，则感受的人愈众，团结群众精神的效力也愈大。这就是更为伟大的作品。

二十九

现在从事文艺创作的人，从发布的作品观察，似乎大部分是住在都会里的。这是当然的现象：都会地方是湖流激荡的大海，住在里面的人们自然受其沾润。学校里的教授、书报的鼓吹、师友的讲习，都是以引起对于文艺的兴趣，进而努力于创作。社会现象的黑暗、传播消息的便捷，又极易激刺富有创作力的人的心灵，使他起种种情绪，不能自已，必欲表现之于文字而后快。

但是，创作家集中于都会，也不是文艺界的幸福。我们原不要划清什么此国与彼国，要伸己之长以抑人之长；然而我们既有这同地同时同趋向同期求的一大群伴侣，其间有什么忧思、疾苦、快乐、希求、特性、专长等，就一概不容埋没，应该全数表现出来，使伴侣大家知道，更使一切人都知道。这所谓忧思、疾苦、快乐、希求、特性、专长等要是全群的、普遍的，不是部分的、偏举的，须得从全群的人们的心的深处去听，单单用举一反三的简单方法是不尽可靠的。居于都会的创作家即能听到都会里的人的心的最深处，也只观察了全群的小部分，都会以外的人正不知要加上多少倍，然而他不会听到，不曾观察。因此他的作品感人的力就不能普遍。入于人心的文艺原来从人心里抉取出来的，制为文艺，还以供诸大群，这才是具有普遍性的文艺。这等文艺的产出，要创作家不一定居于都会而后有望。

一位友人曾对我说：“现在有许多治文学的，治文学而喜欢创作的，颇欲作欧美之游，以为这个于己必有极大的进益。其实文学不比别的，在己则自己修养无待于所居之必为欧美；在外则凡所接触俱是借我抒写之材料；况且欲建立中国的新兴文学，尤须从中国全群人的心中去抉取材料，从中国全群人的前途着想而点起引路的灯来。然则欧美侨居，转与群众隔膜。所以今日的创作家应当多多旅行中国各处，都会不必说了，便是穷乡僻壤、山村水集，也须印有创作家的足迹，各种社会、各种生活，都该镂入创作家的脑海。创作家果真有这等热力和兴会，我想中国的有世界价值的文艺的产出，决不是渺茫的事情。”这位朋友的话正与我意相合，我愿同时的创作家时常作中国内地的旅行。

不仅是旅行，文艺家还当居于乡僻之区、贫民之窟。愚昧和贫苦一样是不幸的事，我们的伴侣陷于其中，当然最先要帮助他们一跃而起，离去这不幸的魔窟。试到小村落里或是都会中的贫民区里去，你就可以听到一种鄙俗、惨苦，直同于叫喊哭泣的歌声。他们虽然不幸，但也具有人类极高美的根茎——爱好唱歌。这就是他们的一种表示：他们非常需要文艺家。文艺家领受了他们的期求，和他们一起居住，自己的心与他们的心同其呼吸，顺应他们的需求，指导他们的路径，创作很好的歌给他们唱，使他们的叫喊化为乐律，哭泣转成笑声。这是何等有意义的事业。

创作家呀，你们不一定要住在都会里。

三十

现在的创作以描写黑暗方面的为多。固然，今时而为社会的观察，几乎无一处不是黑暗。但是单单描写黑暗，而不究其最初最真的原因，不指示一条理想的光明的途径，就不能很使人满意。文艺创作原没有一定的方式，有了方式便不成其为创作。然而描写一件事实，总是含有究原指归的意思，或为明言，或为暗示，那就随着创作家的精神和艺术而各异。倘若不含这等意思，直可说这一篇创作没有精神，仅仅连缀了十百千万个文字罢了。凡是真的文艺家决不会做出这等没有精神的创作来。他对于一件黑暗的事实必起种种的感想，深切而精当。及他作为文章，虽或取写实之法，不参己见，实则于无形之中，己的精神已与人以多量暗示了。

单单描写黑暗方面，文艺的范围未免太狭窄了。况且放宽眼光以观，中国亦不见得全被黑暗笼罩住。譬如中国的农人，倘若我们凭着纯粹主观的见解以为观察，则见他们肩上压的力所不胜的重担，勉强地痛苦地敷衍着，他们又是愚昧，因此断定他们是非常之苦，我们唯有怜悯。或者说他们的劳动不是自己所乐为，他们只为命运而劳动，所以不是正常的生活、艺术的生活。实则我们倘为深入地观察，就见许多与此不同的地方。我们可以看出他们也有无上乐趣。当他们插秧的时候，淡蓝的天覆盖着，清婉的鸟声歌唱着，汪洋的水田没了他们的小腿，嫩绿的秧在他们的手里，他们两脚只顾后退，右手只顾插，男的女的各呈一种优美的姿势。这个当儿，他们决不想什么生活的劳苦、租税的催迫，他们又并不以为这是快乐，像平常人满足了物欲的快乐，他们一切都忘，只知劳动，只知己的力有惠于手里的秧。其实唯有这等超于苦乐之境的感觉才是真的快乐。而他们是时常享受到这等快乐的。又看当太阳已斜，绿草的斜坡上铺好了天然的锦褥，他们农作倦了，枕着锄头沉沉地睡觉，一会儿醒来，精神又振，立起来四面一看，又表出他们独有的骄傲。类此之处，不一而足。文艺家固然要描写出人间的至乐；物质方面的困苦固然要表现出来，以期其革除，精神方面的快乐尤当表现出来，以期其扩大和普遍。文艺家果能投入各种社会里，领会各种生活的真昧，我想决不至仅仅看出里面的黑暗方面和痛苦方面来，应当有潜隐的人类的最高精神发现出来。这等最高精神自然是非常可贵的东西，可以贡献于当时和未来的人们。无尽的宝藏只等人去开采，文艺家应当努力。

三十一

近来上海出版界新出有几种杂志，很足使有志于文学革新者起深长的忧虑。类似这等性质的杂志，前七八年本来是极多，后来渐渐消灭了。它们勃然繁兴的缘故，当然因为有许多人爱看那一类书，所以投机家乘此机会做一番投机事业。更因为那一类书的感染力造成了许多新染嗜好的人，于是他们的营业愈益发展。不坚定，好浮动，差不多成为我国都市中人的普遍心理。无论何事，踊跃从事于先，终至颓然废弃于后。投机性质的杂志的发行既然也是社会事业之一，那就未能外此，不过两三年而营业不振了。于是他们改换方针，竞趋奇鄙，至于编纂《黑幕》，果然群堕术中，利市三倍。然而不多几时，群众又弃而不睬。从此报纸上此类书报之大字广告渐渐缩小，终至于不见。我方私幸，人们的自己觉悟究竟是可以希望的，时代到了，谁都愿意趋向光明，此类书报的广告不复大书于报纸就是一个确实的证据。谁知不然，大不然，到今年而它们如春草再生了。因而知道这等杂志以前的消灭不是他们悔悟，别求新的生命，而是相度机会，待时再动。他们唯一的态度——营业则决不肯改换。现在他们认为时机已到，大家读书的欲望比从前略为增进，而出版界又颇有百花怒发之观。他们以为略加伪饰混杂其中，便可以遂他们的愿望，于是报纸上又大书他们的广告了。

他们依然说什么“醒世”，什么“改良社会”。我说这等话且慢说，且将世和社会摆在一旁，先问一问自己。我们没有什么可以授与他人，只有他人表同情于我们而因之感动。这个感动他人不应自己悬为行动的鹄的。我们有高超的思想、恳挚的情感，对于自己真实，对于一切都真实，他人自然因我们而感动。但我们自己也许没有觉察，或者觉察而并不在意。这是说无论哪一个，既然自认为积极地欲求完成人生的人，都是如此。而文艺家更是如此。文艺家不应有旁的顾虑和鹄的，只有磨炼自己的思想，涵养自己的情感。总之，自己修养是唯一的分内的事。文艺家从事创作，不是以文字供他人作玩赏，而是将自己表现出来以示他人。所以真的文艺家的作品里都含有他的生命。而他人读了也必定非常感动。这所谓感动，或则激起群众的觉心，或则慰藉群众的郁苦。并不悬“醒世”“改良社会”等语于口于笔，而其效自至。

我说这些浅显的意思，希望一班旧面目复活的作家采纳了，诚实地自问一番，省察一番，再从事撰作。我们做无论何种业务，总要对它有真兴趣，并且深切明透地了解它。我所欲劝告的作家们决不是“嗜好与人异酸咸”的人，他们所以有不很正当的作为，是给别的嗜欲诱惑了。所以我尤愿他们改换以文艺营业的态度。

三十二

一种美丽可爱的花，人人都希望亲手去种植它，看它发芽，抽条，含苞，放花。我们以前的文艺界非常黯淡和寂寞，比拟起来，差不多是一个乱草芜杂的花园。直到近时才有新文学运动一丝儿芽似的透出来。这是所有人们的欢喜。而我们居此土，居此群，更加有特别的欣慰和希望。芜杂的花园里有了好花的芽了，此后只须努力保护它，培养它，芟除杂草，不使它受到损害，我们就可以有一个绚丽美好的花园，那种花就可以给我们以醉心的慰悦，酬答我们对它的经心。这是何等重要而有趣味的事，谁不欲尽一分力？即因才和境的关系不能于此尽力，也必然有希望它生机顺遂、发荣滋长的诚心。至若非唯不加助力，且别栽一种恶臭的野草来分享那土地的养料和天上的雨露，这似乎是损害他人，抑且损害自己的事。花园是我们的花园，整治好了大家可以有个安顿身心之所，究竟彼此都便宜。若因一时的无谓的恶戏阻遏了新芽的生机，到后来总要引起心底的懊悔。待懊悔时，芳春已过，要享受快乐只有希望明春，这岂不减损了自己的幸福？

文学之事本不宜规为方式，谓必须如何如何才是好的，如何如何便是不好。但作者对于文学的观念和态度，其中最根本的却不可不具备。若并此而不具，则立根已不坚牢，更无其他可言了。文学是作者感情和思想的，也就是人格的表现，又具有美的质素，所以能感动他人。这其间有很重要的一个意思，就是必先有作者的人格而后有文学，不是抛弃作者自己在一旁而伪造出情思话语来填充篇幅。所以文学只可以任其自然产出，决不可以勉强制造。文学不是商品，性质绝对不相似。决不可以文学为投机事业，迎合社会心理，不顾一切，加工制造，以图利市三倍。我们至少要存着这个观念而后从事文学，方不至走入歧路，白费心力。我们应当爱惜可贵的心力啊！

我们治一切事，都应当将全心融入它的内面，万不可以之为无聊消遣。否则是否定一切，其实等于一切不做。我们从事文学，就因为它可以寄托我们的全生命。倘若出之以游戏的态度，在己以为无聊消遣，于人复徒供玩弄，这等人自以为心在文学，实则一无依归，茫然无主，可说是天下最枯寂、最浮荡的人了。论其流品，或在沿门卖艺的歌者之下，因为他们的作品只使人领受如何如何一段情思话语，决不会因此作品而将作者和读者的精神连结起来。我们总要以自己的精神扩散开来，与一切人连结，才见得生活的真实和丰富。至少要持这等态度，才可以有所撰作。

我希望我的伴侣大家努力于美好的花园的新兴，所以对于走入歧路的有所规劝。没有精至的意思，缺乏浓厚的真诚，是我的惭愧。

三十三

我欲以诚敬的心劝告一般以文学为玩具为商品的作家。若是喜欢营业，则现时取得赢利的事业正多，只须是正当的、光明的，就可以任选一种，竭尽心力，终身以之。从你们乐于为此的性情看来，知道能够为成功的实业家，满足希求富裕的欲望。至于从事文学，却绝对不是一桩营业。你们错认了，将它和布帛菽粟一例看待，这实是于人于己两不利的事。在你们自己只图个仅足温饱，在他人则领略你们的商品之后，只感得淡而无味，或者还引起了憎厌。而最受损害的还要轮到文学。文学是何等高洁神圣的东西！它是宇宙间的大心，它含有一切的悲哀、痛苦、呼吁、希望，等等。不仅如此，它还要表示出消灭悲哀和痛苦，实现呼吁和希望的唯一的伟大的力。一切人将于它的王国里得到安息的愉悦，进取的勇气，人己两忘的陶醉的妙境。现在商品化了，于是所谓文学，不仅披上了垢腻的外衣，连它的肌肉筋骨乃至每个细胞都渗透了污浊卑鄙的质素。它是人间最弱小的心。它的唯一的低微的呼声便是"钱来！"它只含着玩笑、滑稽、奇怪，等等。它除了供人一笑之外，更没有一丝一毫的力量。它的园土非常狭小，或竟至于无，并不足以容纳人的一足一趾，也决没有人愿意归往。我的可怜而希望其改辙的朋友们，你们何苦做这等于人于己两不利的事呢？还不如正当地经营别种事业去。

你们如不愿弃去文学，我则又有一个意思要请你们采纳。我记得一位政治家有言："凡为政治家的，必须别有一种维持生计的职业，一面将衣食问题解决了，一面才得保持政治上的人格。"他的意思以为政治是不涉于私的事务，而即以政治为职业，决不能保持公正廉洁的态度，所以要使它和生计问题判离。文学也不是私器，它的不能和生计问题混合，正和政治一个样子。所以我就这么说：凡为文学家，必须别有一种维持生计的职业，与文学相近的固然最好，即绝不相近的也是必需，如此才得保持文学的独立性，不至因生计的逼迫而把它商品化了。我的朋友们！现在经济组织尚未变更的时代，为一己的口粮而努力实是谁都不能避免的事。照你我的理想，最好那不良的组织立刻变更，将口粮问题统统先行解决，此后不必再事顾及。于是各人做各人爱做的事，喜欢文学的便专治文学。但这个时代不能一步就跨到，你我又偏偏爱好了文学。若就将文学去换口粮罢，因为结果有许多损害，所以觉得不妥；若是弃去文学罢，心里又有所不愿。烦闷悲伤是没用的，徒然使志气委顿。唯有上面所说两面兼顾的方法，似乎还是过渡时期所适用的。你我可以去做农，去做工，那些也是真实的有味的生活，而且又是有裨于文学的啊。

更退一步说，从事文学而竟受纳物质的酬报，此事在现社会中极通行。那时你我必须有一种观念，就是那些酬报不是以文学换到的，文学不是因，酬报不是果。那些物质的酬报是我们生存权内所应得的。而我们的致力于文学，则纯由爱好，别无他因。这一点认清了，就不再有别的动机，专由我们的思想情感到必欲倾吐时方才有所撰作，此等作品自然有作者的人格和动人的力量潜藏在里面。我们希望我们的作品更高深纯美，尤当绝对地尊重我们创作的动机，它必须居于完全主动的地位。我们更当明白的便是这个观念在不良社会里才见其价值。论理是当然如此，无待推想的。我们固当一方面努力求进于生计不成问题的境界，一方面从了解文学真际的立场以从事文学。

三十四

我们从事创作，所写的必然要是从真际去体会得来的，必然要是从自己心里流露出来的。若是依傍人家的先例，仿制人家的产品，便是无谓的行为，毫无文学的价值。这个固然。但我想无论何事，实质和形式常常是互相关系的，而文学尤其如此。文学的精神即寓于其本身全形式之中，一样的实质，若是形式改换了，精神也就随之而异。所以文学的实质须出于独创，这是当然。而其形式之不宜依傍门户，必求新创自铸，也是非常重要的。

我们新创的作品中，往往发见有不注意于这一点的地方。描写一条河、一枝花、一个动作、一种状态，往往用极流行极普通的方式，形容词语都是习见的那些。若加注意，大家一定可以觉察出来。完美的作品必定是浑凝的整体，不是无数个体凑聚而成的集合体。它需要那些字那些句，唯有那些字那些句才能容纳全体的精神，而且每一字句都要如此排次，唯有如此排次才是最好。一个字、一句话的不真切、不自然、不活跃、不新鲜，就会使全体的精神委顿无力，使具有生命的文学变成陈腐的、滞拙的文字组合。粗略地看来，这似乎是一件微小的事，远不如实质的重要。谁知有许多失败的，原因就在乎此？我们切不可随意，切不可贪懒（我想大约因为如此），将现成习见的字句来表现我们新鲜独特的思想情绪。要非常的精细，使一字一句都出于真际，经过审择而后写定下来。

有人说，创作既然要纯任创作冲动的自由，现在因为用字造句的关系而有旁的经心，不将使作品成为支离破碎的么？我说，我们只要真诚地观察事物，真诚地尊重自己的情思，则应当用怎样最适切的字句，应当取怎样最完好的排次，都是自然可能的事，随附于创作冲动里面的。试看许多伟大的文学家的作品，不是因为他们对于一切非常真诚，所以极天然地写出真切、自然、活跃、新鲜的字句，表出他们自己的风格，使他们所写的精神完满，具有永久和普遍的价值么？

三十五

我相信我的可怜而愿其改辙的朋友们以前和现在的做法是受别种努力的驱策，而不是本质恶劣。所以我不愿诅咒，而屡屡为之祝福。今请更进一言，就是：希望你们站立于时代之前。

你们不是曾经迎合世人的嗜好习惯么？不是曾经造成世人的堕落心理么？你们费了劳力，积极的力量一毫也不曾见到，而一部分人本来没有堕落的嗜好习惯的，你们却授与他们了。他们自有新的嗜好习惯，自然求索适于他们的消遣品。你们更多方迎合，尽量供给。这是匿居于众人的背后，伺候颜色，仰承鼻息呀。

你们倘若摆脱了别种势力的羁绊，就得光复你们清明澄澈的良心。那时你们一定要悔：悔自己做的事毫无意义，悔自己给人家以心灵的损害，悔自己沦于乞人怜笑的地位，辱没了自己。

这一悔，仅须这一悔，就有无上的价值。你们决不愿再做已经悔了的事，这正如无论什么人一样。到那时，别种努力的强大和专横，你们一无所觉，你们就可以上新的道路，做有意义的事业，这事业是人己两利的，而且是增高你们的人格的。你们是解放了，新生了。

你们曾经从事文学。文学是个大海，巨川细流无不容纳。容纳的量越广大，越显出它的伟大和美丽。你们果真是川流，它正含笑作歌欢迎你们的归往呢。你们要做有意义的事业，精神一换便异从前。你们可以高唱新生之歌。

于是你们非特不愿意迎合嗜好习惯，不愿意养成堕落心理，连平平常常地描写一种社会的实况，记载一个人物的经历，也觉得没甚意思，徒然耗自己和他人写作和诵读的精力。你们必须有最高的思想，如何如何的世界愿意它实现，如何如何的精神愿意它普及，而且不但能想，更以异常的热情全心倾注其中，融合无别，那时才成就你们的创作。而那些所谓如何如何，因着你们深厚的感染力，深入于一切人之心，终至理想的转而为现实的。你们不就是站立于时代之前的英雄么？

世上已经这样做的人不是没有，但是还不多，所以效力还单薄。你们果真悔悟，必定愿意加入已经这样做的人的队里。一切人正盼望你们呢。

三十六

我最近曾叫学生随意作文，不出题目，但示范围，不论诗歌、小说、故事、剧本，任作一种就行。他们非常欢喜。作成的几乎全体是小说。里面所含的思想不是童话里的陈套，便是在家里听来的无聊故事。实际他们并没作什么出来，不过翻译了所知的为文字，或再略为更易些罢了。这是我的一个失败。

我本欲看他们的心，辨认他们的想象和情绪，从此而扩充我的了解，所以叫他们这样作文。我虽不能实证，然而我能猜想他们一定有想象和情绪等等和成人一样，乃至和大文艺家一样。这是大家都这么想的。现在叫他们将自己的写出来，他们偏偏将自己的隐藏，却将别人的显示出来。这是什么缘故？我想，他们读童话听故事，一方面增进无穷的兴味，一方面也容受一种方式——想象和情绪等等，乃至童话故事的方式。增进兴味固然是很好的事，而容受现成的方式往往致引起一种成见，以为童话故事必须怎样怎样才像，必须怎样怎样的事实情思才配做童话故事。若是这么想，他们就有几多不需要的审虑，因而妨碍他们的创作。他们也许灵机忽来，妙绪纷至，自己有一种新鲜丰富的想象、深挚真切的情绪，确是可以成很好的文艺的。但他们不敢依着自己的意思抒写出来，他们先须与素稔的方式衡量一下。衡量之后，觉着两者很不相类，便以为这是没用的，不是可以撰成文艺的。于是那些很好的质料捐弃了。终至于他们要么不作，作起来必须依据传习的方式。

我曾想，若是不给学生读什么东西，单教他们运用文字的法子，也许有真的儿童的情绪和想象的文艺产生出来。但这是决不可能的事：即不给他们读什么东西，而他们有听闻，有视见，从这两个源泉里他们依旧会容受许多别人的东西进来，哪里可以防遏得尽？并且由容受而消化，正是一种引起或扩大，绝不是什么伤害。可虑的实在是所容受的退转而为方式。所以一方面由他们容受，一方面要防止他们视所容受的为方式而弃自己的于不顾，这是我们对于幼者文艺能力的修炼上最当予以助力的事。

同样的情形也落于一般创作家的身上。创作家由古来的、近时的、本土的、异域的文艺作品里，容受到无限的思想情绪等等，就极容易因有此等容受而限制自己的创作能力，或者竟将自己的隐藏，很勤劳地创作，只是复制了现成的货品。

我们固然应当多量地容受，但要慎防其无意中成为我们的前定的方式。我们凡有所创作，不论质料还是方式，总须是我们自己的。

三十七

最近上海报纸上载一个使我伤心的广告，我想一定有许多人与我同感。这个广告几乎使我不自信其目，然而确确实实的很大很清楚的字。它的语句是：“宁可不娶小老嬷，不可不看《礼拜六》。”以下便是《礼拜六》周刊的目录了。他们每一期的广告总有几句使人伤感而又非常可怜的开场白，这一次所见的不过是尤甚的罢了。不知以后更有尤甚的话想出来否。

这实在是一种侮辱，普遍的侮辱。他们侮辱自己，侮辱文学，更侮辱他人。我从来不肯诅咒他们，但我不得不诅咒他们这样的举动。无论什么游戏的事总不至卑鄙到这样。游戏也要高尚和真诚的啊。如今既有写出这两句的人，社会上又很有容受的人，使类似的语句每星期见于报纸，这不仅是文学前途的渺茫和忧虑，竟是中国民族超升的渺茫和忧虑了。

然而我们有这么一个信念：人们最高精神的链锁，从无量数的弱小的心团结而为大心，是文学所独具的能力。它能揭破黑暗，迎接光明，使人们弃去卑鄙和浅薄，趋向高尚和精深。我们怎能任它的前途真剩渺茫和忧虑呢？

中国与文艺接触的人实在很少，我们的希望自然要求其逐渐增多。便是这少数的接触文艺的人，他们又缺乏辨别的能力，不能明白他们所嗜好的东西的性质。我们的希望自然要求其具有辨别力，明白了解文艺的性质。但是现在的新文学运动能否影响到本不曾接触过文艺的人，又能否使迷途的人辨别他们正当的趋向，这实在不能不假思索地答一个能字。不曾接触过文艺的且不要说，一部分入了迷途的，他们既曾接触而成嗜好，当然要继续地接触。好的、正当的既是非常稀少，而且力量非常薄弱，坏的、荒谬的自然乘机而起，以供需求了。好的正当的真是太少了，除了几种杂志和丛书而外，还有什么呢？

看了上述的这等广告，我们不要徒然伤感，应得格外地努力。自然，我们先得着眼于曾和文艺接触的人：他们嗜好失当，曾不自觉认非为是，成为习惯，和我们所谓真的文艺往往不欲亲近。这一层阻障当先打破。于是我们宜窥测他们的可乘之点，猜知如何则他们自愿亲近，而后从事撰作。这并非迎合和揣摩，乃所谓因势利导，实予他们以猛烈的讽刺和正确的改正。他们接触了新的，既不觉其不习惯，便屡次接触，因而潜移默化，入于新的途径。这一层是我们现在亟须注意的。而从事文学的人也要尽量增多，才能扩大文艺界的范围，供给一般人的汲取。

我信上述的这等广告总有绝迹的一天。绝迹的早晚，要看我们努力的程度如何了。

三十八

照现在的情形，新文学运动只限于一部分杂志和报纸。以中国人民之众，而和那些杂志报纸接触的人只是个很小的数目，此外能读书报而不愿和那些接触的一定远过于接触的。而不能读书报，天然不会接触的，更是个最大的数目，只差不到全数。若长此以往，则创作译述的人无论如何努力，产出的文学无论如何高尚完美，结果还是一小部分人的事，就全体言，终不得成为爱好文学的民族。全民族的人生活动要进化、丰富、高尚、愉快……文学就是重要原力之一。沉浸于它的怀抱里，我们就有热烈的希求的情绪、强固的迈往的意志，我们就可以发挥我们的伟大。倘若文学（其果有价值与否还是说不定）的影响只及于极小一部分，而大大部分绝不相关，我们的希望岂不终成渺茫？

在前面一则里我说了如何使不愿接触的人逐渐地接触起来。现在我要为大部分的天然不会接触的设法。我想要使他们尝文学的蜜，须要创作家多多为他们创作些食料。他们不能识文字，但他们有口有耳，就不妨与文学接触了。各地都有一种演唱故事的人，如京津的大鼓、苏州的弹词评话之类，喜欢听的实在不少。乡村的茶馆里、劳工的工作场里，或者乘凉的场上、消寒的炉旁，差不多都以讲“山海经”为唯一乐趣。又随口发声，唱吟歌词，也是一般人的普遍习惯。我以为从这几条路径创作家就得了下手处。能于此多多努力，就可使一般与文学无缘的不幸的人也认识真的文学的面目。简单地说，就是创作家要做出作品来，代替那些大鼓、弹词、评话，更做出故事歌词来供给人家谈讲歌唱。

外国有名的创作家往往将古来的传说重为写定，我想我们最适宜采这个方法。凡是古来的传说，它的传布一定很普遍而深固，这已得了吸引人心的便利。重为写定，则于旧形骸中渗入新灵魂，以旧分子凝为新组织。虽然外貌仍是以前的那件东西，其实已化而为真的文学了。无论读的听的，将不自知觉地受它的感化，使其生活日趋长进。

叫不识文字的人享受这等新作品，自然重在请他们听。于是演讲歌唱的人就成问题。现在那些唱大鼓说评话的与文学是完全隔膜，但创作家何妨与他们接近，让他们练习，使为自己的喉舌？现在各处多有通俗演讲的团体，这真是创作家最有效的喉舌了。

写这等作品，须要以最浅明的文字。这个若是伟大的创作家写出来，也决无损其为最好的文学作品。能叫人自己去读自然最好，所以补习学校里最好以此为读物。现在有些专教年长失学者的补习学校里也用“天地日月……”小孩子也觉沉闷的教科书，实在不是妥当的办法。

至于歌词，各地原有的很有些是很好的文学作品。我们只须选择，或是修改。创作当然是很好，而重要在将好的上口唱出来。

这样，或者可以慢慢地养成民众好文学的习性。

三十九

我们最当注意的还要数到儿童。现在的成人与文学疏远，实在是一种莫大的损失。倘若叫儿童依着老路，只是追踪前人，那就是全民族的永远的损失了。所以他们须得改换新路，立定在新的基础上。

新路新基础怎样呢？看了旧的就可以从反面推求出新的了。自我们的祖先以至我们，才一入世，便堕落在陈腐束缚的境遇里。我们原有可以发出深浓的情绪的本能，而外境拘牵，或竟阻遏，使我们不得发抒。我们原有可以磨炼强固的意志的本能，而外境制止，或且贼害，使我们因循颓废。我想自我们而前的人都应抱有一种冤抑：试想孩提之时受父母的养护，虽然父母是非常爱我们的，而因不明白什么原理，一定也与我们以许多不自认知的损害。长而涉世，则社会的黑暗、生计的压迫等等，又使我们生活简单，情思干燥。因此种种，我们爱好文学的泉源怎得不枯涸呢？民族的不爱好文学是境遇造成的。

休说伟大的创作家须有先天的禀受和后天的素养才能产出，便是酷嗜文学的人也要自幼成习，才能终身以之。先天既无所禀受，后天又多方摧抑，务使与文学立于两岸，创作家和酷嗜文学的哪得不少？若说我国的集部书实在不少，读书吟诗的也是很多，则我要问：他们做的是不是真的文学？其中很好的是不是只有数得清的几部？而读书吟诗的又都因为真诚的非盲目的爱好而读和吟么？

我们为着以后的儿童的福利，须要给他们以与我们当初所遇的不同的境遇。这并不是文学上的问题，而是要他们爱好文学非这么从根本入手不可。我先要请求为父母的，儿童的一切本能都让他们自由发展，更帮助他们发展。那些是文学的泉源啊。我不曾见备受遏抑的人而为伟大的创作家，或者为真能爱好文学者。我相信中国伟大的创作家还在摇篮里，所以我这么请求。我又要请求为教师的，不要将学校成为枯庙，将课本像和尚念梵咒那样给儿童死读。你们可以化学校为花园、为农圃、为剧院、为工场……他们在里面有丰富有趣的生活，一面用你们的眼光选择很好的文学给他们读，不仅是读，且使他们于此感动，于此陶醉。我们固然不希望个个儿童为创作家，这是不可能的事，但不可不希望个个儿童能欣赏文学，接近文学。

希望今后的创作家多多为儿童创作些新的适合于儿童的文学。现在提起儿童用书问题便觉得非常恐慌。学校为儿童布置一个图书馆，把不很惬意的书统收了进去，依旧有书籍寥寥之感。至于儿童读的杂志竟是没有。无论是天才或常资，要有所成就有所酷嗜，总得先有所感染。有没有文学熏陶的儿童，当然有不爱好文学的民族了。我们幼小的时候，往往背着师长看些《水浒》《三国演义》《红楼梦》以及诗词传奇，引起了文学的兴趣。我想以后的儿童决不可待他们偷看，偷看则已有许多好机会错过了。当初我们看的固然是很好的东西，但里面的思想情调不合于现代的一定很多，倘若叫他们也看那些，难免与他们以潜隐的损害，或者我们已深深地感受了。那些东西不妨待他们到研究文学史的时候再看，而现在最急需的却是新鲜的滋养的食料。创作家怎得不多量地供给，安慰他们的渴望呢？这也是伟大的事业啊。

四十

现时创作家的作品差不多有个同一的倾向，就是对于黑暗势力的反抗，反面就是希求光明。最多见的是写家庭的惨史、社会的污浊、兵乱的苦难，而表示深恶痛恨的意思，愿其尽归泯灭。这决然是未来的光明的第一闪，创作家的趋向真不错。

但是有些情形似乎还要注意。

有些作品取材很随便，没有经济的手段。试想天下的事物和人类的情思是何等地繁多，即在黑暗方面的也是不可数计。在这不可数计之中取出一件事物一个情思来，著成一篇文字，要使人人都能感动，随文字里的笑啼歌哭而笑啼歌哭，必须采取其中最扼要、最精警的一件或一个，更从其中采取最扼要、最精警的一段或数段，方能达到这个目的。如其不然，你越是连篇累牍地写个不休，人家看了越觉得厌倦，引不起什么同感，于是你的精神是白费了。所以取材务必精当，必须取最足以表现这么一个意思的事物情思来完成你的篇幅。

有些作品单描写事情的外部而不能表现出内在的真际。试看能够表现性格的画像，它将最能传神的部分充分描写，其外不重要的部分竟可弃去不写，这不是疏略，正以显出创造的艺术手腕，所以得成其为具有生命的画幅。至若照相，则外面的形象一些也不漏，都为留下个死板板的痕迹，而最能传神的地方也平平而过，不为特别表出内面的精神。说它肖似，果然，但只肖似了个浮影，内在的性格何尝肖似呢？文学作品单写事情的外相，与此正是同样的情形。更有一种，细屑不重要的地方，其实不需写入的，也支离破碎地描写。这不但不能增益全篇的完美，反而破坏了全体的浑凝。多幅树的剖面图、断面图不能合成一幅很好的树的画幅，与此是同一个意思。文学的所以感人全在能攫住一切的里面，而极精神地自成为一个机体。我们必须于此点注意，才能成功。

要表显出一个情意，必须有适度的材料。要使这个材料具有生命，入人之心，须要用最适切于表现这个材料的方式。有些创作里，往往有材料不足之嫌。譬如果实，还没充实，已遭采撷，使吃的人不满所欲，非常可惜。有些纳种种事物情思于同一方式之中，或者袭用古来的、近时的、本土的、异域的方式，范围自己的材料，间接以限制自己的情意。譬如行路，舍弃广道，偏入狭巷。这难免受有形或无形的损害。我们要有成功的作品，须要使质和形都是饱满的、和谐的、自由的。这样才能满足我们的欲望。

（本文从1921年3月5日起在《晨报》副刊连续刊载。全文四十则，每星期登四则至六则，有时一则分两天登出，到6月25日登完）

我如果是一个作者

我如果是一个作者，我如果写了一本书，希望写书评的人第一要摸着我心情活动的路径。在这条路径里，你考察，你观赏，发见了美好的境界，我安慰地笑了，因为你了解我的甘苦；或者发见了残败的处所，我便不胜感激，因为你检举了我的缺失。

书评是写给作者看的，假如没有摸着作者心情活动的路径，任你说得天花乱坠，与作者和作者的书全不相干。同时书评是写给读者看的，读者读的是这一本书，你就不能不啃住这一本书。假如没有摸着作者心情活动的路径，无论你搬出社会影响的大道理或是文学理论的许多原则来，与这一本书全不相干。

我不欢喜听一味的赞扬，也不欢喜听一味的斥责。一味的赞扬适用于书局的广告，书局的广告常常使读者感到肉麻，尤其使作者看了难过。你，写书评的人，何苦使我难过呢？一味的斥责，父亲对于儿子，教师对于学生，尚且要竭力避免，为的是希望他悔改。你，写书评的人，对于我来这么一味的斥责，是不是说我在写作方面的成功，真是“他生未卜此生休”了吗？我承认这一回的过失，但是我愿意悔改。你为什么不给我开一条悔改的路径呢？

我欢喜听体贴的疏解。假定我有些微的好处，你给我疏解为什么会有这些好处，我就可以在这方面更加努力。假如我有许多的缺失，你给我疏解为什么会有这许多缺失，我就可以在种种方面再来修炼。你同情于我，你看得起我的书，肯提起笔来写书评，这种体贴的美意是不会缺少的。也许你的笔稍稍放纵了一点，写成的批评只是把我的书标榜或是示众，但是，依据你这种美意反省一下，就会觉察这只是阿好者或是仇人的行为，不特无益于我，而且违反你对于我的美意，于是你不由得要改弦更张了。

疏解以外，直抒所感也是一种批评的方法。直抒所感往往须利用比喻，如说“仿佛走进了一座庄严的殿堂”“宛如看见了一个状貌态度服装器用各不相称的人物”，这种批评对于读者比较有意思。读者看过作品，再来看这种批评，好比游历回来听同游者谈说所得的印象，谈来和自己的印象相合，固然有得所印证的乐趣，如果和自己的印象大有径庭，也可以把过去游踪重行回味一下。这种批评对于作者，用处似乎较少。无论说作品仿佛一座庄严的殿堂，或者宛如一个状貌态度服装器用各不相称的人物，总之不过描摹了作品的一种光景罢了，而作者所要从批评者那里听到的不只是自己作品的一种光景。

批评者不能不有一副固定的眼光。这里所谓眼光并不单指眼睛看事物而言，包括着通常说的人生观和世界观。眼光来自生活，一个人的一生眼光即使有转变，可是在某一段时间以内总是固定的。教他用一副眼光去看这件事物，更用另外一副眼光去看那件事物，事实上很难办到。所以我不希望批评者随时转变他的眼光，只希望批评者不要完全抹杀他人的眼光。万一我的眼光与他的不同，且慢说“要不得”“不可为训”那些话儿，不妨站在我的地位设想，看看我这种眼光怎么来的，然后说依他的眼光看来，结果完全两样。也许我给他说服了，我的眼光就会来一下转变。这是他的胜利，而我对于他也将感激不尽。

有一些批评者似乎有一种偏嗜，好比吃东西，他们偏嗜着甜的或是辣的，就觉得甜的或是辣的以外都不中吃。不幸我的东西偏偏不是甜的或是辣的，不中吃是当然的事情。但是我也不觉得惭愧，因为本性既已注定，无法为了迁就他人的口味，硬要变作甜的或是辣的。

（原载1923年8月11日《时事新报·文学旬刊》第81期，原题《如其我是一个作者》。1937年5月9日《大公报·文艺》第333期再次发表，篇名改为《我如果是一个作者》，作者作了补充和修改）

第一口的蜜

欣赏力的必须养成，实已是不用说明的了。湖山的晨光与暮霭，舟子同樵夫未必都能够领略它们的佳趣。名家的绘画与乐曲，一般人或许只看见一簇不同的色彩，只听见一阵繁喧的音响。一定要有个机会，得将整个的心对着湖山、绘画、乐曲等等，而且深入它们的底里，像蜂嘴深入花心一样。于是第一口的蜜就尝到了。一次的尝到往往引起难舍的密恋，因而更益去寻觅，更益去吸取。譬诸蜂儿，好花遍野，蜜亦无穷，就永永以蜜为生了。

所以这个机会最重要。它若来时，随后的反复修炼渐进高深，实与水流云行一样是自然的事。最坏的是始终没有这个机会。譬如无根之草，又怎能加什么培养之功呢？任你怎样好的艺术陈列在面前，总仿佛隔着一幅无形的黑幕，只有彼此全不相干罢了。

可是这个机会并不是纯任因缘的，我们自己能够做得七八分儿的主；只要我们拿出整个的心来对着湖山等等，同时我们就得到机会了。什么事情权柄在自己手里时，总不用忧虑。现在就文艺一端说，我们且不要斥责著作家的太不顾人家，且不要怨恨批评家的不给人引路；我们还是使用固有的权柄来养成自己的欣赏力罢。

如果我们存着玩戏的心来对一切的文艺，我们就劫夺了自己的幸福了。玩戏的心只是一种残余的如灰的微力，只能飘浮在空际，附着于表面，独不能深入一切的底里。更就实际生活去看，只有庄严地诚挚地做一件事情才做得好。假若是玩戏的态度，便不能够写好一张字，画好一幅画，踢好一场球，种好一簇花，甚至不能够讲好一个笑话。对于文艺，当然终于不会欣赏了。我们应以教士跪在祭台前面的虔意，情人伏在所欢怀里的热诚，来对所读的文艺。这时候不知有别的东西，只有我们的心与所读的文艺正通着电流。更进一步，我们不复知有心与文艺，只觉即心即文艺，浑和不分了。于是我们可以听到作者低细的叹息，可以感到作者微妙的愉悦；就是这听到这感到，我们便仿佛有了全世界。于是我们尝到第一口的蜜了。

如果我们存着求得的心来对一切的文艺，我们就杜绝了精美的体味了。求得的心总要连带着伸出一只无形的手来，仿佛说：给我一点什么。心在手上，便不能再在对象上；即使在对象上还留着一点儿，总不能整个地注在上边。如是，我们要求的是甲，而文艺并不给我们甲，我们要求的是乙，而文艺又并不给我们乙。我们只觉得文艺是个吝啬不过的东西，不得不与它疏远了。其实我们先不该向文艺求得什么东西。我们不要希望从它那里得到一点知识，学会一些智慧，我们又不一定要从它那里晓得什么伟大的事情，但也不一定要晓得什么微细的生活。我们应当绝无要求，读文艺就只是读文艺。这时候我们的心如明镜一般，而且比明镜还要澄澈，不仅仅照得见一片的表面。而我们固有的知识、智慧、感情、经验与文艺里边的情事境界发生感应，就使我们陶然如醉，恍然如悟，入于一种难以言说的快适的心态。于是我们尝到第一口的蜜了。

我们是读者，不要被玩戏的心、求得的心使着魔法，把我们第一口的蜜藏过了。

（1923年8月14日作，原载同年8月30日《文学》第84期）

文艺作品的鉴赏

一　要认真阅读

文艺鉴赏并不是一桩特别了不起的事，不是只属于读书人或者文学家的事。我们苏州地方流行着一首儿歌：

> 咿呀咿呀踏水车。水车沟里一条蛇，游来游去捉虾蟆。虾蟆躲（原音作伴，意义和躲相当，可是写不出这个字来）在青草里。青草开花结牡丹。牡丹娘子要嫁人，石榴姊姊做媒人。桃花园里铺行家（嫁妆），梅花园里结成亲……

儿童唱着这个歌，仿佛看见春天田野的景物，一切都活泼而有生趣：水车转动了，蛇游来游去了，青草开花了，牡丹做新娘子了。因而自己也觉得活泼而有生趣，蹦蹦跳跳，宛如郊野中一匹快乐的小绵羊。这就是文艺鉴赏的初步。

另外有一首民歌，流行的区域大概很广，在一百年前已经有人记录在笔记中间了，产生的时间当然更早。

> 月儿弯弯照九州。几家欢乐几家愁？
> 几家夫妇同罗帐？几个飘零在外头？

唱着这个歌，即使并无离别之感的人，也会感到在同样的月光之下，人心的欢乐和哀愁全不一致。如果是独居家中的妇人、孤栖在外的男子，感动当然更深。回想同居的欢乐，更见离别的难堪，虽然头顶上不一定有弯弯的月儿，总不免簌簌地掉下泪来。这些人的感动，也可以说是从文艺鉴赏而来的。

可见文艺鉴赏是谁都有份的。但是要知道，文艺鉴赏不只是这么一回事。

文艺中间讲到一些事物，我们因这些事物而感动，感动以外，不再有别的什么。这样，我们不过处于被动的地位而已。我们应该处于主动的地位，对文艺要研究、考察。它为什么能够感动我们呢？同样讲到这些事物，如果说法变更一下，是不是也能够感动我们呢？这等问题就涉及艺术的范围了。而文艺鉴赏正应该涉及艺术的范围。

在电影场中，往往有一些人为着电影中生离死别的场面而流泪。但是另外一些人觉得这些场面只是全部情节中的片段，并没有什么了不起，反而对于某景物的一个特写、某角色的一个动作点头赞赏不已。这两种人中，显然是后一种人的鉴赏程度比较高。前一种人只被动地着眼于故事，看到生离死别，设身处地一想，就禁不住掉下泪来。后一种人却着眼于艺术，他们看出了一个特写、一个动作对于全部电影所加增的效果。

还就看电影来说。有一些人希望电影把故事交代得清清楚楚，譬如剧中某角色去访朋友，必须看见他从家中出来的一景，再看见他在路上步行或者乘车的一景，再看见他走进朋友家中去的一景，然后满意。如果看见前一景那个角色在自己家里，后一景却和朋友面对面谈话了，他们就要问："他门也没出，怎么一会儿就在朋友家中了？"像这样不预备动一动天君的人，当然谈不到什么鉴赏。

散场的时候，往往有一些人说那个影片好极了，或者说，紧张极了，巧妙极了，可爱极了，有趣极了——总之是一些形容词语。另外一些人却说那个影片不好，或者说，一点不紧凑，一点不巧妙，没有什么可爱，没有什么趣味——总之也还是一些形容词语。像这样只能够说一些形容词语的人，他们的鉴赏程度也有限得很。

文艺鉴赏并不是摊开了两只手，专等文艺给我们一些什么。也不是单凭一时的印象，给文艺加上一些形容词语。

文艺中间讲到一些事物，我们就得问：作者为什么要讲到这些事物？文艺中间描写风景，表达情感，我们就得问：作者这样描写和表达是不是最为有效？我们不但说了个“好”就算，还要说得出好在哪里，不但说了个“不好”就算，还要说得出不好在哪里。这样，才够得上称为文艺鉴赏。这样，从好的文艺得到的感动自然更见深切。文艺方面如果有什么不完美的地方，也会觉察出来，不至于一味照单全收。

鲁迅的《孔乙己》，现在小学高年级和初级中学都选作国语教材，读过的人很多了。匆匆读过的人说：“这样一个偷东西被打折了腿的瘪三，写他有什么意思呢？”但是，有耐心去鉴赏的人不这么看，有的说：“孔乙己说回字有四样写法，如果作者让孔乙己把四样写法都写出来，那就索然无味了。”有的说：“这一篇写的孔乙己，虽然颓唐、下流，却处处要面子，处处显示出他所受的教育给与他的影响，绝不同于一般的瘪三，这是这一篇的出色处。”有一个深深体会了世味的人说：“这一篇中，我以为最妙的文字是‘孔乙己是这样的使人快活，可是没有他，别人也便这么过。’这个话传达出无可奈何的寂寞之感。这种寂寞之感不只属于这一篇中的酒店小伙计，也普遍属于一般人。‘也便这么过’，谁能跳出这寂寞的网罗呢？”

可见文艺鉴赏犹如采矿，你不动手，自然一无所得，只要你动手去采，随时会发见一些晶莹的宝石。

这些晶莹的宝石岂但给你一点赏美的兴趣，并将扩大你的眼光，充实你的经验，使你的思想、情感、意志往更深更高的方面发展。

好的文艺值得一回又一回地阅读，其缘由在此。否则明明已经知道那文艺中间讲的是什么事物了，为什么再要反复阅读？

另外有一类也称为文艺的东西，粗略地阅读似乎也颇有趣味。例如说一个人为了有个冤家想要报仇，往深山去寻访神仙。神仙访到了，拜求收为徒弟，从他修习剑术。结果剑术练成，只要念念有词，剑头就放出两道白光，能取人头于数十里之外。于是辞别师父，下山找那冤家，可巧那冤家住在同一的客店里。三更时分，人不知，鬼不觉，剑头的白光不必放到数十里那么长，仅仅通过了几道墙壁，就把那冤家的头取来，藏在作为行李的空皮箱里。深仇既报，这个人不由得仰天大笑。——我们知道现在有一些少年很欢喜阅读这一类东西。如果阅读时候动一动天君，就觉察这只是一串因袭的肤浅的幻想。除了荒诞的传说，世间哪里有什么神仙？除了本身闪烁着寒光，剑头哪里会放出两道白光？结下仇恨，专意取冤家的头，其人的性格何等暴戾？深山里住着神仙，客店里失去头颅，这样的人世何等荒唐？这中间没有真切的人生经验，没有高尚的思想、情感、意志作为骨子。说它是一派胡言，也不算过分。这样一想，就不再认为这一类东西是文艺，不再觉得这一类东西有什么趣味。读了一回，就大呼上当不止。谁高兴再去上第二回当呢？

可见阅读任何东西不可马虎，必须认真。认真阅读的结果，不但随时会发见晶莹的宝石，也随时会发见粗劣的瓦砾。于是收取那些值得取的，排除那些无足取的，自己才会渐渐地成长起来。

取着走马看花的态度的，决谈不到文艺鉴赏。纯处于被动的地位的，也谈不到文艺鉴赏。

要认真阅读。在阅读中要研究、考察。这样才可以走上文艺鉴赏的途径。

二　驱遣我们的想象

在原始社会里，文字还没有创造出来，却先有了歌谣一类的东西。这也就是文艺。

文字创造出来以后，人就用它把所见所闻所想所感的一切记录下来。一首歌谣，不但口头唱，还要刻呀、漆呀，把它保留在什么东西上（指使用纸和笔以前的时代而言）。这样，文艺和文字就并了家。

后来纸和笔普遍地使用了，而且发明了印刷术。凡是需要记录下来的东西，要多少份就可以有多少份。于是所谓文艺，从外表说，就是一篇稿子、一部书，就是许多文字的集合体。

当然，现在还有许多文盲在唱着未经文字记录的歌谣，像原始社会里的人一样。这些歌谣只要记录下来，就是文字的集合体了。文艺的门类很多，不止歌谣一种。古今属于各种门类的文艺，我们所接触到的，可以说，没有一种不是文字的集合体。

文字是一道桥梁。这边的桥堍站着读者，那边的桥堍站着作者。通过了这一道桥梁，读者才和作者会面。不但会面，并且了解作者的心情，和作者的心情相契合。

先就作者的方面说。文艺的创作决不是随便取许多文字来集合在一起。作者着手创作，必然对于人生先有所见，先有所感。他把这些所见所感写出来，不作抽象的分析，而作具体的描写，不作刻板的记载，而作想象的安排。他准备写的不是普通的论说文、记叙文；他准备写的是文艺。他动手写，不但选择那些最适当的文字，让它们集合起来，还要审查那些写了下来的文字，看有没有应当修改或是增减的。总之，作者想做到的是：写下来的文字正好传达出他的所见所感。

现在就读者的方面说。读者看到的是写在纸面或者印在纸面的文字，但是看到文字并不是他们的目的。他们要通过文字去接触作者的所见所感。

如果不识文字，那自然不必说了。即使识了文字，如果仅能按照字面解释，也接触不到作者的所见所感。王维的一首诗中有这样两句：

大漠孤烟直，

长河落日圆。

被大家认作佳句。如果单就字面解释，大漠上一缕孤烟是笔直的，长河背后一轮落日是圆圆的，这有什么意思呢？或者再提出疑问：大漠上也许有几处地方聚集着人，难道不会有几缕的炊烟吗？假使起了风，烟不就曲折了吗？落日固然是圆的，难道朝阳就不圆吗？这样的提问，似乎是在研究，在考察，可是也领会不到这两句诗的意思。要领会这两句诗，得睁开眼睛来看。看到的只是十个文字呀。不错，我该说得清楚一点：在想象中睁开眼睛来，看这十个文字所构成的一幅图画。这幅图画简单得很，景物只选四样，大漠、长河、孤烟、落日，传出北方旷远荒凉的印象。给“孤烟”加上个“直”字，见得没有一丝的风，当然也没有风声，于是更来了个静寂的印象。给“落日”加上个“圆”字，并不是说唯有落日才圆，而是说落日挂在地平线上的时候才见得圆。圆圆的一轮落日不声不响地衬托在长河的背后，这又是多么静寂的境界啊！一个直，一个圆，在图画方面说起来，都是简单的线条，和那旷远荒凉的大漠、长河、孤烟、落日正相配合，构成通体的一致。

像这样驱遣着想象来看，这一幅图画就显现在眼前了，同时也就接触了作者的意境。读者也许是到过北方的，本来觉得北方的景物旷远、荒凉、静寂，使人怅然凝望。现在读到这两句，领会着作者的意境，宛如听一个朋友说着自己也正要说的话，这是一种愉快。读者也许不曾到过北方，不知道北方的景物是怎样的。现在读到这两句，领会着作者的意境，想象中的眼界就因而扩大了，并且想想这意境多美，这也是一种愉快。假如死盯着文字而不能从文字看出一幅图画来，就感受不到这种愉快了。

上面说的不过是一个例子。这并不是说所有文艺作品都要看作一幅图画，才能够鉴赏。这一点必须弄清楚。

再来看另一些诗句。这是从高尔基的《海燕》里摘录出来的。

白濛濛的海面上头，风在收集着阴云。在阴云和海的中间，得意洋洋地掠过了海燕……

……

海鸥在暴风雨前头哼着，——哼着，在海面上窜着，愿意把自己对于暴风雨的恐惧藏到海底里去。

潜水鸟也在哼着——它们这些潜水鸟，够不上享受生活的战斗的快乐！轰击的雷声就把它们吓坏了。

蠢笨的企鹅，畏缩地在崖岸底下躲藏着肥胖的身体……

只有高傲的海燕，勇敢地，自由自在地，在泛着白沫的海面上飞掠着。

……

——暴风雨！暴风雨快要爆发了！

勇猛的海燕，在闪电中间，在怒吼的海上，得意洋洋地飞掠着，这胜利的预言者叫了：

——让暴风雨来得厉害些吧！

如果单就字面解释，这些诗句说了一些鸟儿在暴风雨之前各自不同的情况，这有什么意思呢？或者进一步追问：当暴风雨将要到来的时候，人忧惧着生产方面的损失以及人事方面的阻障，不是更要感到不安吗？为什么抛开了人不说，却去说一些无关紧要的鸟儿？这样地问着，似乎是在研究，在考察，可是也领会不到这首诗的意思。

要领会这首诗，得在想象中生出一对翅膀来，而且展开这对翅膀，跟着海燕“在闪电中间，在怒吼的海上，得意洋洋地飞掠着”。这当儿，就仿佛看见了聚集的阴云、耀眼的闪电，以及汹涌的波浪，就仿佛听见了震耳的雷声、怒号的海啸。同时仿佛体会到，一场暴风雨之后，天地将被洗刷得格外清明，那时候在那格外清明的天地之间飞翔，是一种无可比拟的舒适愉快。“暴风雨有什么可怕呢？迎上前去吧！教暴风雨快些来吧！让格外清明的天地快些出现吧！”这样的心情自然萌生出来了。回头来看看海鸥、潜水鸟、企鹅那些东西，它们苟安、怕事，只想躲避暴风雨，无异于不愿看见格外清明的天地。于是禁不住激昂地叫道：“让暴风雨来得厉害些吧！”

像这样驱遣着想象来看，这才接触到作者的意境。那意境是什么呢？就是不避“生活的战斗”。唯有迎上前去，才够得上“享受生活的战斗的快乐”。读者也许是海鸥、潜水鸟、企鹅似的人物，现在接触到作者的意境，感到海燕的快乐，因而改取海燕的态度，这是一种受用。读者也许本来就是海燕似的人物，现在接触到作者的意境，仿佛听见同伴的高兴的歌唱，因而把自己的态度把握得更坚定，这也是一种受用。假如死盯着文字而不能从文字领会作者的意境，就无从得到这种受用了。

我们鉴赏文艺，最大目的无非是接受美感的经验，得到人生的受用。要达到这个目的，不能够拘泥于文字。必须驱遣我们的想象，才能够通过文字，达到这个目的。

三　训练语感

前面说过，要鉴赏文艺，必须驱遣我们的想象。这意思就是：文艺作品往往不是倾筐倒箧地说的，说出来的只是一部分罢了，还有一部分所谓言外之意、弦外之音，没有说出来，必须驱遣我们的想象，才能够领会它。如果拘于有迹象的文字，而抛荒了言外之意、弦外之音，至多只能够鉴赏一半；有时连一半也鉴赏不到，因为那没有说出来的一部分反而是极关重要的一部分。

这一回不说言外而说言内。这就是语言文字本身所有的意义和情味。鉴赏文艺的人如果对于语言文字的意义和情味不很了了，那就如入宝山空手回，结果将一无所得。

审慎的作家写作，往往斟酌又斟酌，修改又修改，一句一字都不肯随便。无非要找到一些语言文字，意义和情味同他的旨趣恰相贴合，使他的作品真能表达他的旨趣。我们固然不能说所有的文艺作品都能做到这样，可是我们可以说，凡是出色的文艺作品，语言文字必然是作者的旨趣的最贴合的符号。

作者的努力既是从旨趣到符号，读者的努力自然是从符号到旨趣。读者若不能透切地了解语言文字的意义和情味，那就只看见徒有迹象的死板板的符号，怎么能接近作者的旨趣呢？

所以，文艺鉴赏还得从透切地了解语言文字入手。这件事看来似乎浅近，但是最基本的。基本没有弄好，任何高妙的话都谈不到。

陶渊明“好读书不求甚解”，从来传为美谈，因而很有效法他的。我还知道有一些少年看书，遇见不很了了的地方就一眼带过；他们自以为有一宗可靠的经验，只要多遇见几回，不很了了的自然就会了了。其实陶渊明的“好读书不求甚解”究竟是不是胡乱阅读的意思，原来就有问题。至于把不很了了的地方一眼带过，如果成了习惯，将永远不能够从阅读中得到多大益处。囫囵吞东西，哪能辨出真滋味来？文艺作品跟寻常读物不同，是非辨出真滋味来不可的。读者必须把捉住语言文字的意义和情味，才有辨出真滋味来——也就是接近作者的旨趣的希望。

要了解语言文字，通常的办法是翻查字典词典。这是不错的。但是现在许多少年仿佛有这样一种见解：翻查字典词典只是国文课预习的事情，其他功课就用不到，自动地阅读文艺作品当然更无需那样了。这种见解不免错误。产生这个错误不是没有缘由的。其一，除了国文教师以外，所有辅导少年的人都不曾督促少年去利用字典词典。其二，现在还没有一种适于少年用的比较完善的字典和词典。虽然有这些缘由，但是从原则上说，无论什么人都该把字典词典作为终身伴侣，以便随时解决语言文字的疑难。字典词典即使还不完善，能利用总比不利用好。

不过字典词典的解释，无非取比照的或是说明的办法，究竟和原字原词不会十分贴合。例如踌躇，解作犹豫，就是比照的办法；情操，解作“最复杂的感情，其发作由于精神的作用，就是爱美和尊重真理的感情”，就是说明的办法。完全不了解什么叫作踌躇、什么叫作情操的人看了这样的解释，自然能有所了解。但是在文章中间，该用“踌躇”的地方不能换上“犹豫”，该用“情操”的地方也不能拿说明的解释语去替代，可见从意义上、情味上说，原字原词和字典词典的解释必然多少有点距离。

不了解一个字一个词的意义和情味，单靠翻查字典词典是不够的。必须在日常生活中随时留意，得到真实的经验，对于语言文字才会有正确丰富的了解力。换句话说，对于语言文字才会有灵敏的感觉。这种感觉通常叫作语感。

夏丏尊先生在一篇文章里讲到语感，有下面的一节说：

> 在语感锐敏的人的心里，“赤”不但解作红色，“夜”不但解作昼的反面吧。“田园”不但解作种菜的地方，“春雨”不但解作春天的雨吧。见了“新绿”二字，就会感到希望、自然的化工、少年的气概等等说不尽的旨趣，见了“落叶”二字，就会感到无常、寂寥等等说不尽的意味吧。真的生活在此，真的文学也在此。

夏先生这篇文章提及的那些例子，如果单靠翻查字典，就得不到什么深切的语感。唯有从生活方面去体验，把生活所得的一点一点积聚起来，积聚得越多，了解就越深切。直到自己的语感和作者不相上下，那时候去鉴赏作品，才真能够接近作者的旨趣了。

譬如作者在作品中描写一个人从事劳动，末了说那个人“感到了健康的疲倦”，这是很生动很实感的说法。但在语感欠锐敏的人就不觉得这个说法的有味，他想：“疲倦就疲倦了，为什么加上‘健康的’这个形容词呢？难道疲倦还有健康的和不健康的的分别吗？”另外一个读者却不然了，他自己有过劳动的经验，觉得劳动后的疲倦确然和一味懒散所感到的疲倦不同；一是发皇的、兴奋的，一是萎缩的、萎靡的，前者虽然疲倦但有快感，后者却使四肢百骸都像消融了那样地不舒服。现在看见作者写着“健康的疲倦”，不由得拍手称赏，以为“健康的”这个形容词真有分寸，真不可少，这当儿的疲倦必须称为“健康的疲倦”，才传达出那个人的实感，才引得起读者经历过的同样的实感。

这另外一个读者自然是语感锐敏的人了。他的语感为什么会锐敏？就在乎他有深切的生活经验，他知道同样叫作疲倦的有性质上的差别，他知道劳动后的疲倦怎样适合于“健康的”这个形容词。

看了上面的例子，可见要求语感的锐敏，不能单从语言文字上去揣摩，而要把生活经验联系到语言文字上去。一个人即使不预备鉴赏文艺，也得训练语感，因为这于治事接物都有用处。为了鉴赏文艺，训练语感更是基本的准备。有了这种准备，才可以通过文字的桥梁，和作者的心情相契合。

四　不妨听听别人的话

鉴赏文艺，要和作者的心情相契合，要通过作者的文字去认识世界，体会人生，当然要靠读者自己的努力。有时候也不妨听听别人的话。别人鉴赏以后的心得不一定就可以转变为我的心得；也许它根本不成为心得，而只是一种错误的见解。可是只要抱着参考的态度，听听别人的话，总不会有什么害处。抱着参考的态度，采取不采取，信从不信从，权柄还是在自己手里。即使别人的话只是一种错误的见解，我不妨把它搁在一旁；而别人有几句话搔着了痒处，我就从此得到了启发，好比推开一扇窗，放眼望出去可以看见许多新鲜的事物。阅读文艺也应该阅读批评文章，理由就在这里。

批评的文章有各式各样。或者就作品的内容和形式加以赞美或指摘；或者写自己被作品引起的感想；或者说明这作品应该怎样看法；或者推论这样的作品对于社会会有什么影响。一个文艺阅读者，这些批评的文章都应该看看。虽然并不是所有的批评文章都有价值，但是看看它们，就像同许多朋友一起在那里鉴赏文艺一样，比较独个儿去摸索要多得到一点切磋琢磨的益处和触类旁通的机会。

文艺阅读者最需要看的批评文章是切切实实按照作品说话的那一种。作品好在哪里，不好在哪里；应该怎么看法，为什么；对于社会会有什么影响，为什么。这样明白的说明，当然适于作为参考了。

有一些批评文章却只用许多形容词，如美丽、雄壮之类；或者集合若干形容词语，如“光彩焕发，使人目眩”，“划时代的，出类拔萃的”之类。对于诗歌，这样的批评似乎更常见。从前人论词（从广义说，词也是诗歌），往往说苏、辛豪放，周、姜蕴藉，就是一个例子。这只是读了这四家的词所得的印象而已；为要用语言文字来表达所得的印象，才选用了“豪放”和“蕴藉”两个形容词。豪放和蕴藉虽然可以从词典中查出它们的意义来，但是对于这两个形容词的体会未必人人相同，在范围上，在情味上，多少有广狭、轻重的差别。所以，批评家所说的豪放和蕴藉不就是读者意念中的“豪放”和“蕴藉”。读者从这种形容词所能得到的帮助很少。要有真切的印象，还得自己去阅读作品。其次，说某人的作品怎样，大抵只是扼要而言，不能够包括净尽。在批评家，选用几个形容词，集合几个形容词语，来批评某个作家的作品，固然是他的自由；可是读者不能够以此自限。如果以此自限，对于某个作家的作品的领会就得打折扣了。

阅读了一篇作品，觉得淡而无味，甚至发生疑问：作者为什么要采集这些材料，写成这篇文章呢？这是读者常有的经验。这当儿，我们不应该就此武断地说，这是一篇要不得的作品，没有道理的作品。我们应该虚心地想，也许是没有把它看懂吧。于是去听听别人的话。听了别人的话，再去看作品，觉得意味深长了；这些材料确然值得采集，这篇文章确然值得写作。这也是读者常有的经验。

我有一个朋友给他的学生选读小说，有一回，他选了日本国木田独步的一篇《疲劳》。这篇小说不过两千字光景，大家认为国木田独步的佳作。它的内容大略如下：

篇中的主人公叫作大森。时间是5月中旬某一天的午后二时到四时半光景。地点是一家叫作大来馆的旅馆里。譬之于戏剧，这篇小说可以分为两场：前一场是大森和他的客人田浦在房间里谈话；后一场是大森出去了一趟回到房间里之后的情形。

在前一场中，侍女阿清拿了来客中西的名片进来报告说，遵照大森的嘱咐，账房已经把人不在馆里的话回复那个来客了。大森和田浦正要同中西接洽事情，听说已经把他回复了，踌躇起来。于是两个人商量，想把中西叫来；又谈到对付中西的困难，迁就他不好，对他太像煞有介事也不好。最后决定送信到中西的旅馆去，约他明天清早到这里来。大森又准备停会儿先出去会一会与事情有关的骏河台那个角色；当夜还要把叫作泽田的人叫来，教他把“样本的说明顺序”预备妥当，以便对付中西。

在后一场中，大森从外面回来，疲劳得很，将身横倒在席上，成了个“大”字。侍女报说江上先生那里来了电话。大森勉强起来去接，用威势堂堂的声气接谈，回答说：“那么就请来。”大森“回到房里，又颓然把身子横倒了，闭上眼睛。忽而举起右手，屈指唱着数目，似乎在想什么。过了一会儿，手‘啪’地自然放下，发出大鼾声来，那脸色宛如死人”。

许多学生读了这篇小说，觉得莫名其妙，大森和田浦要同中西接洽什么事情呢？接洽的结果怎样呢？篇中都没有叙明。像这样近乎无头无尾的小说，作者凭什么意思动笔写作呢？

于是我的朋友向学生提示说：

你们要注意，这是工商社会中生活的写生。他们接洽的是什么事情，对于领会这篇小说没有多大关系；单看中间提及“样本的说明顺序”，知道是买卖交易上的事情就够了。在买卖交易上需要这么钩心斗角，斟酌对付，以期占得便宜：这是工商社会的特征。

再看大森和田浦的生活方式完全是工商社会的：他们在旅馆里开了房间商量事情；那旅馆的电话备有店用的和客用的，足见通话的频繁；午后二时光景住客大都出去了，足见这时候正有许多事情在分头进行。大森在房间里拟的是电报稿，用的是自来水笔，要知道时间，看的是“案上的金时计”。他不断地吸纸烟，才把烟蒂放下，接着又取一支在手；烟灰盆中盛满了埃及卷烟的残蒂。田浦呢，匆忙地查阅函件；临走时候，把函件整理好了装进大皮包里。这些东西好比戏剧中的道具，样样足以显示人物的生活方式。他们在商量事情的当儿，不免由一方传染到对方，大家打着呵欠。在唤进侍女来教她发信的当儿，却顺便和她说笑打趣。从这上边，可以见到他们所商量的事情并不是怎样有兴味的。后来大森出去了一趟再回来，横倒在席上，疲劳得连洋服也不耐烦脱换。从这上边可以见到他这一趟出去接洽和商量的事情也不是怎样有兴味的。待他接了江上的电话之后，才在“屈指唱着数目，似乎在想什么”，但是一会儿就入睡了，“脸色宛如死人”。这种生活怎样地使人困倦，也就可想而知了。

领会了这些，再来看作为题目的“疲劳”这个词，不是有画龙点睛的妙处吗？

许多学生听了我的朋友的提示，把这篇小说重读一遍，差不多异口同声地说："原来如此。现在我们觉得这篇小说句句有分量，有交代了。"

（本文四节，分别载1937年1、2、3、4月《新少年》第3卷第1、3、5、7期）

揣摩

一篇好作品，只读一遍未必能理解得透。要理解得透，必须多揣摩。读过一遍再读第二、第三遍，自己提出些问题来自己解答，是有效办法之一。说有效，就是增进理解的意思。

空说不如举例。现在举鲁迅的《孔乙己》为例，因为这个短篇大家熟悉。

读罢《孔乙己》，就知道用的是第一人称写法。可是篇中的“我”是咸亨酒店的小伙计，并非鲁迅自己，咱们确切知道鲁迅幼年没当过酒店小伙计。这就可以提出个问题：鲁迅为什么要假托这个小伙计，让这个小伙计说孔乙己的故事呢？

用第一人称写法说孔乙己，篇中的“我”就是鲁迅自己，这样写未尝不可以，但是写成的小说会是另外一个样子，跟咱们读到的《孔乙己》不一样。大概鲁迅要用最简要的方法，把孔乙己活动的范围限制在酒店里，只从孔乙己到酒店里喝酒这件事上表现孔乙己。那么，能在篇中充当“我”的唯有在场的人。在场的人有孔乙己，有掌柜，有其他酒客，都可以充当篇中的“我”，但是都不合鲁迅的需要，因为他们都是被观察被描写的对象。对于这些对象，须有一个观察他们的人。于是假托一个在场的小伙计，让他来说孔乙己的故事。小伙计说的只限于他在酒店里的所见所闻，可是，如果咱们仔细揣摩，就能从其中得到不少东西。

连带想到的可能是如下的问题：幼年当过酒店小伙计的一个人，忽然说起二十多年前的故事来，是不是有点儿不自然呢?

仔细一看，鲁迅交代清楚了。原来小伙计专管温酒，觉得单调，觉得无聊，“只有孔乙己到店，才可以笑几声，所以至今还记得”。至今还记得，说给人家听听，那是很自然的。

从这儿又可以知道第一、第二两节并非闲笔墨。既然是说当年在酒店里的所见所闻，当然要说一说酒店的大概情况，这就来了第一节。一个十几岁的孩子勉勉强强留在酒店里当小伙计，这也“侍候不了”，那也“干不了”，只好站在炉边温酒，他所感到的单调和无聊可以想见。因此，第二节就少不得。有了这第二节，又在第三节里说“掌柜是一副凶脸孔，主顾也没有好声气”，那么“只有孔乙己到店，才可以笑几声”

的经历，自然深印脑筋，历久不忘了。

故事从“才可以笑几声”说起，以下一连串说到笑。孔乙己一到，“所有喝酒的人便都看着他笑”。“众人都哄笑起来，店内外充满了快活的空气”，说了两回。在这些时候，小伙计“可以附和着笑”。掌柜像许多酒客一样，问孔乙己一些话，“引人发笑”。此外还有好几处说到笑，不再列举了。注意到这一点，就会提出这样的问题：这篇小说简直是用笑贯穿着的，取义何在呢？

小伙计因为“才可以笑几声”而记住孔乙己，自然用笑贯穿着他所说的故事，这是最容易想到的回答。但是不仅如此。

故事里被笑的是孔乙己一个人，其他的人全是笑孔乙己的，这不是表明孔乙己的存在只能作为供人取笑的对象吗？孔乙己有他的悲哀，有他的缺点，他竭力想跟小伙计搭话，他有跟别人交往的殷切愿望。所有在场的人可全不管这些，只是把孔乙己取笑一阵，取得无聊生涯中片刻的快活。这不是表明当时社会里人跟人的关系，冷漠无情到叫人窒息的地步吗？为什么会冷漠无情到这样地步，故事里并没点明，可是咱们从这一点想开去，不是可以想得很多吗？

第九节是这么一句话：“孔乙己是这样的使人快活，可是没有他，别人也便这么过。”这句话单独作一节搁在这儿，什么用意呢？

最先想到的回答大概是结束上文。上文说孔乙己到来使酒店里的人怎样怎样快活，这儿结束一下，就说他“是这样的使人快活”。这样回答当然没有错。但是说“可是没有他，别人也便这么过”，又是什么意思呢？这不是说孔乙己来不来，存在不存在，全跟别人没有什么关系吗？别人的生涯反正是无聊，孔乙己来了，把他取笑一阵，仿佛觉得快活，骨子里还是无聊；孔乙己不来，没有取笑的对象，也不过是个无聊罢了，这就叫“也便这么过”。“也便这么过”只五个字，却是全篇气氛的归结语，又妙在确然是小伙计的口吻。当年小伙计在酒店里，专管温酒的无聊职务，不是“也便这么过”吗？

还有不少问题可以提出，现在写一些在这儿。

第一节说酒店的大概情况，点明短衣帮在哪儿喝，穿长衫的在哪儿喝，跟下文哪一处有密切的联系呢？

开始说孔乙己的形象，用“身材很高大；青白脸色，皱纹间时常夹些伤痕；一部乱蓬蓬的花白的胡子”，这些话是仅仅交代形象呢，还是在交代形象之外，还含有旁的意思要咱们自己领会？

为什么“孔乙己一到店，所有喝酒的人便都看着他笑”呢？

孔乙己说的话，别人说的话，都非常简短。他们说这些简短的话的当时，动机是什么，情绪是怎样呢？

孔乙己的话里有“污人清白”“窃书”“君子固穷”“多乎哉？不多也”之类的文言。这除了照实摹写孔乙己的口吻之外，有没有旁的作用呢？

孔乙己到店时候的情形，有泛叙，有特叙，泛叙叙经常的情形，特叙叙某一天的情形。如果着眼在这一点上，是不是可以看出分别用泛叙和特叙的作用呢？

掌柜看孔乙己的账，一次是中秋，一次是年关，一次是第二年的端午，为什么呢？

诸如此类的问题，几乎是提不尽的。

几个人读同一篇作品，各自提出些问题，决不会个个相同，但是可能个个都有价值，足以增进理解。

理解一篇作品，当然着重在它的主要意思。但是主要意思是靠全篇的各个部分烘托出来的，所以各个部分全都不能轻轻放过。体会各个部分，总要不离作品的主要意思。提出来的必须是合情合理的值得揣摩的问题。要是硬找些不相干的问题来抠，那就没有意义了。

（原载1960年1月《语文学习》）

杂谈我的写作

我虽然常常写一点东西，可是自问没有什么可以谈的写作经验。现在承中国青年写作协会函约，要我写这篇东西，我实在不知道该怎么写才合适。会中附寄来一份表，标题叫作《我怎样写作》，是教作答的人逐项填写的。我就根据表中所开各项，顺次写下去，有可以说的多写一点，没有什么可以说的略去不写：把那份表作为我这篇文字的间架，这是一个取巧的办法。

那份表的甲项是“兴趣如何发生”，我对于文艺发生兴趣，现在回想起来，应该追溯到十二三岁的时候，在家里发见了一部《唐诗三百首》和一部《白香词谱》。拿到手里，就自己翻看；对于《三百首》中的乐府和绝句，《词谱》中的小令和中调，特别觉得新鲜有味。因为不是先生逼着读的，也就不做强记死背的工夫；只在翻开的时候讽诵一番，再翻的时候又讽诵一番而已。经籍、史籍、子籍中也有好文艺，如《诗经》《史记》《庄子》，我都不能领会，只觉得这些书籍是压在肩背上的沉重的负担。那时候中学里读英文，用的本子是华盛顿·欧文的《见闻杂记》（这本书和古德斯密的《威克斐牧师传》，在当时几乎是学英文的必读书，但从此读通英文的实在没有多少人；现在中学里，好像不读这些书了，但学生的英文程度还是不见高明），一行中间至少有三四个生字；自己翻查字典，实在应付不来，只好在先生讲解的时候把字义用红铅笔记在书本子上。为要记字义，不得不留心听先生的讲解；那富于诗趣的描写，那看似平淡而实有深味的叙述，当时以为都不是读过的一些书中所有的，爱赏不已，尤其是《妻》《睡谷》《李迫大梦》以及叙述圣诞节和威斯明司德奇的几篇。虽然记了字义，对于那些生僻的字到底没有记住；文章的文法关系更谈不到了，先生解说的当时就没有弄明白；但是华盛顿·欧文的文趣（现在想来就是风格了）很打动了我。我曾经这样想过，若用这种文趣写文字，那多么好呢！这以前，我也看过好些旧小说，如《水浒》《三国演义》《红楼梦》，都曾看过好几遍；但只是对于故事发生兴趣而已，并不觉得写作方面有什么好处。

现在就乙项“写作如何开始”的第一目“开始写作的年

龄”来说。我从书塾中开笔，一直到进了中学，都按期作文。这种作文是强迫的练习，不是自动的抒写，不能算写作。自动的抒写的开始是作诗。记得第一首诗是咏月的绝句，开头道，“纤云拥出一轮寒”，以下三句记不起了。那时我在中学里，大概是二年生或三年生。升到五年级（前清中学五年毕业）的时候，和几个同学发起一种《课余丽泽》，自己作稿，自己写钢版，自己印发，每期两张或三张，犹如现在的壁报；我常常写一些短论或杂稿，这算是发表文字的开始。民国元年，我当了小学教师，其时社会主义这个名词刚才输入，上海和各地都有社会党的组织，我看了他们的书报，就动手作一部小说，描写近乎社会主义的理想世界。大约作了四五章，就停笔了，因为预备投稿的那一种地方报纸停办了。这份稿子早已不知去向，不记得详细节目怎样，只记得是用白话写的。三年或四年，我的小学教师的位置被人挤掉，在家里闲了半年。其时上海有一种小说杂志叫作《礼拜六》，销行很广，我就作了小说去投稿，共有十几篇，每篇都被刊用。第一篇叫作《穷愁》，描写一个穷苦的卖饼孩子，有意摹仿华盛顿·欧文的笔趣；以后几篇也如此。这十几篇多数用文言，好像只有一两篇用白话。这是我卖稿的开始。

过了四五年，五四运动起来了，顾颉刚兄与他的同学傅孟真、罗志希诸位在北京创办《新潮》杂志，来信说杂志中需要小说，何不作几篇寄予。我就陆续寄了三四篇去；从此为始，我的小说都用白话了。接着沈雁冰兄继任《小说月报》的编辑，他要把杂志革新，来信索稿；我就做了《小说月报》的常期投稿人。此后郑振铎兄创办《儿童世界》，要我作童话，我才作童话，集拢来就是题名为《稻草人》的那一本。李石岑兄、周予同兄主持《教育杂志》，他们要在杂志中刊载一种长篇的教育小说，我才作《倪焕之》。若不是这几位朋友给我鼓励与督促，我或许在投稿《礼拜六》后不再作小说了。

新体诗我也作过，独幕剧也作过三四篇，现在看看都不成样子，比小说更差。《新文学大系》中曾选载了几篇，我翻看时很感惭愧。至于写散文，大概开始于十二三年间，就是现在中学国文教本中常见的《藕与莼菜》《没有秋虫的地方》那几篇。那些散文的情调是承袭诗词的传统的，字句又大多是文言的，当时虽自觉欢喜，实在不是什么好文字。以后，我主编《中学生》杂志，这种杂志的一个特点是注重语文研究，我就与亲家夏丏翁合作一部《文心》，按期刊载。这部书用小说体裁叙述学习国文的知识和技能，算是很新鲜的；至今还被许多中学采用，作为学生的课外读物。《文心》完成之后，我的写作几乎完全趋向国文教学方面，小说和散文都很少作了。直到最近，因为职务的关系，和朱佩弦兄合作了一部《精读指导举隅》、一部《略读指导举隅》，还是属于这方面的。这两部是中学国文教师的参考书。现在中学教国文，阅读方面有“精读”“略读”两个项目，都应由教师加以指导，然后学生自己去修习，修习之后，再由教师加以纠正或补充（实际上这么办的并不多）；我们这两部书算是指导的具体例子，希望我们的同行看了，能够采纳我们的意见，并且能够反三。

乙项的第二目是“开始写作的倾向”，下列四个子目，其中两个是“爱用白话”和“爱用文言”。这在前面已经说过了，不必再提。可是我另外有要说的。我是江苏人，从小不离乡井，自幼诵习的又都是些文言书籍，所以初期的白话文和“五四”时候一班作者一样，文言的字眼和文言的语调杂凑在中间，可以说是四不像的东西。以后自己越写越多，人家的东西越看越多，觉得这种四不像的文体应该改良。仅仅把“之”字换了“的”字，“矣”字换了“了”字，“此人”换了“这个人”，“不之信”换了“不相信他”，就算是白话文吗？于是我渐渐自己留意，写白话要是纯粹的白话。直到如今，还不能完全做到，但是我希望有一天能够完全做到。关于纯粹不纯粹的标准，我以为该是“上口不上口”；在《精读指导举隅》，曾经谈到这一层，现在摘录一部分在这里：

白话文里用入文言的字眼，与文言用入白话的字眼一样，没有什么可以不可以的问题，只有适当不适当，或是说，效果好不好的问题。要讨论这个问题，可以从理想的白话文该是怎样的想起。

白话文依据着白话，是谁都知道的。既说依据着白话，是不是口头用什么字眼，口头怎样说法就怎样写法呢？那可不一定。如果一个人说话一向是非常精密的，自然不妨完全依据着他的说话写他的白话文。但一般人的说话往往是不很精密的，有时字眼用得不切当，有时语句没有说完全，有时翻来复去，说了再说，无非这一点意思。这样的说话，在口头说着的时候，因为有发言的声调、面目与身体的表情等帮助，仍可以使听话的对方理会，收到说话的效果。可是，照样写到纸面上去，发言的声调、面目与身体的表情等帮助就没有了，所凭借的只是纸面上的文字，那时候能不能也使阅读文字的对方理会，收到作文的效果，是不能断定的。所以在写白话文的时候，对于说话不得不作一番洗炼的工夫。洗是洗濯的洗，就是把说话里的一些渣滓洗去；炼是炼铜炼钢的炼，就是把说话炼得比平常说话精粹。渣滓洗去了，炼得比平常说话精粹了，然而还是说话（这就是说，一些字眼还是口头的字眼，一些语调还是口头的语调，不然，写下来就不成其为白话文了）；依据这种说话写下来的，才是理想的白话文。

文字写在纸面，原是教人看的，看是视觉方面的事情。然而一个人接触一篇文字，实在不只是视觉方面的事情。他还要出声或不出声地念下去，同时听自己出声或不出声地念。所以“阅”“读”两个字是连在一起拆不开的。现在就阅读白话文说，读者念与听所依据的标准是白话，必须文字中所用的字眼与语调都是白话的，他才觉得顺适，调和，起一种快感。不然，好像看见一个人穿了不称他的年龄、体态、身份的服装一样，虽未必就见得这个人不足取，但对于他那身服装至少要起不快之感。而不快之感是会减少读者和作品的亲和力的，也就是说，会减少作品的效果的。

把以上两节话综合起来，就是：白话文虽得把白话洗炼，可是经过了洗炼的必须仍是白话，这样，就体例说是纯粹，就效果说，可以引起读者念与听的时候的快感。反过来说，如果白话文里有了非白话的（就是口头没有这样说法的）成分，这就体例说是不纯粹，就效果说，将引起读者念与听的时候的不快之感。到这里，可以解答前面所提出的问题了。白话文里用入文言的字眼，实在是不很适当的足以减少效果的办法。

或者有人要问：现在国文课里，文言也要读，这就有了文言的教养；既然有了文言的教养，写起白话文来，自然而然会有文言成分从笔头溜出来；怎样才可以检出并排除那些文言成分，使白话文纯粹呢？这是有办法的，只要把握住一个标准，就是“上口不上口”。一些字眼与语调，凡是上口的，说话中间有这样说法的，都可以写进白话文，都不至于破坏白话文的纯粹。如果是不上口的，说话中间没有这样说法的（这里并不指杜撰的字眼与不合语文法的语句而言），那便是文言成分，不宜用入纯粹的白话文。譬如约朋友出去散步，决不会说“我们一同去闲步一回”。走到一处地方，头上是新鲜的树荫，脚下是可爱的草地，也决不会说“这里头上有清荫，脚下有美草”。可见闲步、清荫、美草是不上口的。又如“你只能循着那锦带似的林木想象那一流清浅”（徐志摩《我所知道的康桥》中的文句）一语，在口头说起来，大概是“你只能沿着那锦带似的林木想象那清浅的河流”，可见“想象那一流清浅”是不上口的。只要把握住“上口不上口”这个标准，即使偶尔有文言成分从笔头溜出来，也不难检出了。

到这里，还可以进一步说。譬如董仲舒有句话：“正其谊不谋其利，明其道不计其功。”这明明是文言的语调。可是，“从前董仲舒有句话道：‘正其谊不谋其利，明其道不计其功。’”这样的说法却是口头常有的，口头常有就是上口，上口就不妨照样写入白话文。如“知其不可而为之”一语出于《论语》，语调也明明是文言的。可是，“某人作某事是知其不可而为之”。这样的说法，却是口头常有的，口头常有就是上口，上口就不妨照样写入白话文。前一例里的“正其谊不谋其利，明其道不计其功”所以上口，因为说话说到这里，不得不引用原文。后一例里的“知其不可而为之”所以上口，因为说话本来有这么一个法则，有时可以引用成语。在引用这一个条件之下，口头说话既不排斥文言成分，纯粹的白话文当然可以容纳文言成分了。这与前一节话并不违背，前一节话原是这样说的：凡是上口的，说话中间有这样说法的，都可以写进白话文，都不至于破坏白话文的纯粹。

现在再就字眼说。如《易经》里的“否”与“泰”两个字，表示两个观念，平常说话是决不用的，当然是文言字眼。可是经学或哲学教师解释这两个概念的时候，口头不能不说“这样就是否”与“这样就是泰”的话，他也许还要说“经过了否的阶段，就来到泰的阶段”。在这些语句里，“否”与“泰”两个字上口了，就把这些语句写入白话文，那白话文还是纯粹的。试看这两个字怎样会上口的呢？原来与前面所说一样，也是由于引用。

同时我以为写文言也得纯粹，写梁启超式的文言就不该掺入古文格调，写唐宋古文就不该掺入骈体文句，否则都好像“一个人穿了不称他的年龄、体格、身份的服装一样”。偶尔写文言，我就认定这个标准，不敢含糊。现在有些人写信，往往文白夹杂，取其信笔写来，不费思索，又便利，又迅速；我也常常这样。可是要知道，这种体裁要写得好，很不容易。在语文素养较深的人，文言中掺几句白话，或者白话中掺几句文言，虽在作者写的当时并不曾逐句推敲，但解析起来，一定是足以增进文字的效果的。素养较差的人如果学它，增进效果的好处既得不到，反而使文字成为七拼八凑的一件东西；还是不要学它的好。

丙项“写作生活的叙述”的第一目是“写作时间的选择”。这很简单，我从小就不惯熬夜，所以不曾有过深夜作文的事情；所有我的文字，当教师的时候便在课余写，当编辑的时候便在放工以后写，夜间当然要利用，可是写到九点十点钟，非睡觉不可了。第二目是“写作场合的选择”。我的文字大多在家里写，下笔的时候，最好家里人不说话，不在我眼前有什么动作，因为这些都要引起我的注意，使我的思想不能集中。邻家的孩子哭闹，汽车电车在里门外往来，对于我就没有关系，我好像没有听见什么声音似的。在旅馆里开了房间作稿，我也干过两三回，可是成绩并不好。在旅馆里虽与一切隔离，桌子椅子也比家里舒服，然而那个环境不是平时熟习的，要定下心来写东西自然比在家里难了。第三目是“写作二三小事”，下列三个子目，其中一个是“写作速率与持久力”。我的写作速率以前比较高，三四千字的一篇文字一天工夫便完成了。以后越来越低，到近几年，一天至多写一千五百字，写七八百字也是常有的事。这大概由于以前不大琢磨，后来知道琢磨了。我的琢磨常常在意思周密不周密和情趣合适不合适上，为了一个词儿和一种句式的选定，往往停笔好久，那当然快不来了。《倪焕之》的写成是很机械的，全部规定刊载在一年《教育杂志》的十二期里，我就每个月作两章，每两章总是连续写一个星期，有空就写，不管旁的事儿。这部书在笔调方面，前后不很一致，这该是许多原因中的一个。第三目三个子目中，又有一个是“作品的修删”。我在完篇之后，大概不很修删。但并非信笔挥洒，落纸就算。我把修删工夫移到写作的当时去，写了一句就看这一句有什么要修删，写了一节又看这一节有什么要修删，写作与修删同时进行，到完篇时，便看不出再有什么地方要修删了。修删当然运用心思，可是我还用口舌，把文句一遍又一遍地默念。直到意思和情趣差不多了，默念起来也顺口了，我才让那些文句通过。这个办法，我自己知道有弊病；因为一边写作一边修删，就不免断断续续，失掉了从前文章家所说的文气。然而我的习惯已经养成，要改变却不容易了。

丁项是“写作上的困难”。我每有了朦胧的意思，不动手就写；把它放在心头，时时刻刻想起它，使它渐渐地显出轮廓来。有的过了好久好久，还只是个朦胧的意思，那时就不免感到烦闷。我没有写录笔记的习惯，想到一些细节目，都记在心上。想到之后，顺便把它安排（如这一节对于人物的描写该放在某处地方，这几句对话该让篇中人物在什么时候说出来）；落笔的时候自不能绝不改动，但改动的究竟是少数。轮廓和细节目都想停当了，我才动手写。写的时候，工夫大多花在逐句逐节的琢磨上，前面已经说过了。因为一切有了眉目，我并不感到茫然无所措手足；可是把想停当了的东西化为文字，犹如走一段很长的路程，一步不到，一步不了，因此总有一种压迫之感。直到写下末了一节的末了一个字，我才舒畅地透一口气，把那种压迫之感解除了。丁项列有五目，其中有一目是“作品的结局”。这有一点可以说的。我很留意作品的结局，结局得当，把全篇的精神振起，给读者一个玩味不尽的印象，是很有效果的。我的结局也预先想定，不但想定大意，往往连文句也先造成了，然后逐步逐步地写下去，归结到那预定的文句。我有一篇短篇小说叫作《遗腹子》，叙述一对夫妇只生女孩不生男孩，在丈夫绝望而纳了妾之后，大太太却破例生了个男孩，可是不久那男孩就病死了。丈夫伤心得很，一晚上喝醉了酒，跌在河里淹死。大太太发了神经病，只说自己肚皮里又怀了孕，然而遗腹子总是不见生出来。到这里，故事已经完毕，结局说：“这时候，颇有些人来为大小姐二小姐说亲了。”这句话表示后一代又将踏上前一代所走的道路，生男育女，盼男嫌女，重演那一套把戏，这样传递下去，不知何年何代才得休歇。又有一篇叫作《风潮》，叙述一群中学生因为对于一个教师起反感，做了点越轨行动，就有一个学生被除了名。于是大家的义愤和好奇心不可遏制，起来捣毁校具，联名退学，个个都自以为了不起的英雄。到这里，我的结笔是“路上遇见相识的人，问他们做什么时，他们用夸耀的神气回答道：‘我们起风潮了。’”这个结笔把全篇终止在最热闹的情态上，“我们起风潮了”这句话，含蓄着一群学生极度兴奋的种种心情。以上两个例子，似乎是比较要得的结局。

戊项“写作的完成”的第一目是“作品完成后的感觉”。作品完成之后，我从不曾感到特别满意，往往以为不过如此，不如想象中的那个轮廓那些材料那么好。可是我也并不懊恼，我的能力既只能写到如此，懊恼又有什么用处。第四目是“批评对作品的影响”。我不很留心登在报纸杂志上的那些批评文字；那些文字不是有意挑剔，就是胡乱称赞，好像谈的是另外一回事儿，和我的文字全没关系。我乐意听熟悉的几个朋友的意见，我的会心处，他们能够点头称赏，我的缺漏处，他们能够斟情酌理地加以指摘，无论称赏或指摘，我都欢喜承受，作为以后努力的路标。

写到这里，一份表算是填完了。复看一遍，其中并没有什么经验足以贡献给青年作者的，很觉惭愧。

（原载1943年天地出版社版《文艺写作经验谈》）

国家新闻出版广电总局
首届向全国推荐中华优秀传统文化普及图书

大家小书书目

国学救亡讲演录	章太炎 著 蒙 木 编
门外文谈	鲁 迅 著
经典常谈	朱自清 著
语言与文化	罗常培 著
习坎庸言校正	罗 庸 著 杜志勇 校注
鸭池十讲（增订本）	罗 庸 著 杜志勇 编订
古代汉语常识	王 力 著
国学概论新编	谭正璧 编著
文言尺牍入门	谭正璧 著
日用交谊尺牍	谭正璧 著
敦煌学概论	姜亮夫 著
训诂简论	陆宗达 著
金石丛话	施蛰存 著
常识	周有光 著 叶 芳 编
文言津逮	张中行 著
经学常谈	屈守元 著
国学讲演录	程应镠 著
英语学习	李赋宁 著
中国字典史略	刘叶秋 著
语文修养	刘叶秋 著
笔祸史谈丛	黄 裳 著
古典目录学浅说	来新夏 著
闲谈写对联	白化文 著
汉字知识	郭锡良 著
怎样使用标点符号（增订本）	苏培成 著
汉字构型学讲座	王 宁 著

诗境浅说	俞陛云　著
唐五代词境浅说	俞陛云　著
北宋词境浅说	俞陛云　著
南宋词境浅说	俞陛云　著
人间词话新注	王国维　著　滕咸惠　校注
苏辛词说	顾　随　著　陈　均　校
诗论	朱光潜　著
唐五代两宋词史稿	郑振铎　著
唐诗杂论	闻一多　著
诗词格律概要	王　力　著
唐宋词欣赏	夏承焘　著
槐屋古诗说	俞平伯　著
词学十讲	龙榆生　著
词曲概论	龙榆生　著
唐宋词格律	龙榆生　著
楚辞讲录	姜亮夫　著
读词偶记	詹安泰　著
中国古典诗歌讲稿	浦江清　著 浦汉明　彭书麟　整理
唐人绝句启蒙	李霁野　著
唐宋词启蒙	李霁野　著
唐诗研究	胡云翼　著
风诗心赏	萧涤非　著　萧光乾　萧海川　编
人民诗人杜甫	萧涤非　著　萧光乾　萧海川　编
唐宋词概说	吴世昌　著
宋词赏析	沈祖棻　著
唐人七绝诗浅释	沈祖棻　著
道教徒的诗人李白及其痛苦	李长之　著
英美现代诗谈	王佐良　著　董伯韬　编
闲坐说诗经	金性尧　著
陶渊明批评	萧望卿　著

古典诗文述略	吴小如　著
诗的魅力 ——郑敏谈外国诗歌	郑　敏　著
新诗与传统	郑　敏　著
一诗一世界	邵燕祥　著
舒芜说诗	舒　芜　著
名篇词例选说	叶嘉莹　著
汉魏六朝诗简说	王运熙　著　董伯韬　编
唐诗纵横谈	周勋初　著
楚辞讲座	汤炳正　著 汤序波　汤文瑞　整理
好诗不厌百回读	袁行霈　著
山水有清音 ——古代山水田园诗鉴要	葛晓音　著
红楼梦考证	胡　适　著
《水浒传》考证	胡　适　著
《水浒传》与中国社会	萨孟武　著
《西游记》与中国古代政治	萨孟武　著
《红楼梦》与中国旧家庭	萨孟武　著
《金瓶梅》人物	孟　超　著　张光宇　绘
水泊梁山英雄谱	孟　超　著　张光宇　绘
水浒五论	聂绀弩　著
《三国演义》试论	董每戡　著
《红楼梦》的艺术生命	吴组缃　著　刘勇强　编
《红楼梦》探源	吴世昌　著
《西游记》漫话	林　庚　著
史诗《红楼梦》	何其芳　著 王叔晖　图　蒙　木　编
细说红楼	周绍良　著
红楼小讲	周汝昌　著　周伦玲　整理

曹雪芹的故事	周汝昌 著 周伦玲 整理
古典小说漫稿	吴小如 著
三生石上旧精魂——中国古代小说与宗教	白化文 著
《金瓶梅》十二讲	宁宗一 著
中国古典小说十五讲	宁宗一 著
古体小说论要	程毅中 著
近体小说论要	程毅中 著
《聊斋志异》面面观	马振方 著
《儒林外史》简说	何满子 著

我的杂学	周作人 著 张丽华 编
写作常谈	叶圣陶 著
中国骈文概论	瞿兑之 著
谈修养	朱光潜 著
给青年的十二封信	朱光潜 著
论雅俗共赏	朱自清 著
文学概论讲义	老 舍 著
中国文学史导论	罗 庸 著 杜志勇 辑校
给少男少女	李霁野 著
古典文学略述	王季思 著 王兆凯 编
古典戏曲略说	王季思 著 王兆凯 编
鲁迅批判	李长之 著
唐代进士行卷与文学	程千帆 著
说八股	启 功 张中行 金克木 著
译余偶拾	杨宪益 著
文学漫识	杨宪益 著
三国谈心录	金性尧 著
夜阑话韩柳	金性尧 著
漫谈西方文学	李赋宁 著
历代笔记概述	刘叶秋 著

周作人概观	舒　芜　著
古代文学入门	王运熙　著　董伯韬　编
有琴一张	资中筠　著
中国文化与世界文化	乐黛云　著
新文学小讲	严家炎　著
回归，还是出发	高尔泰　著
文学的阅读	洪子诚　著
中国文学1949—1989	洪子诚　著
鲁迅作品细读	钱理群　著
中国戏曲	么书仪　著
元曲十题	么书仪　著
唐宋八大家 ——古代散文的典范	葛晓音　选译

辛亥革命亲历记	吴玉章　著
中国历史讲话	熊十力　著
中国史学入门	顾颉刚　著　何启君　整理
秦汉的方士与儒生	顾颉刚　著
三国史话	吕思勉　著
史学要论	李大钊　著
中国近代史	蒋廷黻　著
民族与古代中国史	傅斯年　著
五谷史话	万国鼎　著　徐定懿　编
民族文话	郑振铎　著
史料与史学	翦伯赞　著
秦汉史九讲	翦伯赞　著
唐代社会概略	黄现璠　著
清史简述	郑天挺　著
两汉社会生活概述	谢国桢　著
中国文化与中国的兵	雷海宗　著
元史讲座	韩儒林　著

魏晋南北朝史稿	贺昌群 著
汉唐精神	贺昌群 著
海上丝路与文化交流	常任侠 著
中国史纲	张荫麟 著
两宋史纲	张荫麟 著
北宋政治改革家王安石	邓广铭 著
从紫禁城到故宫 ——营建、艺术、史事	单士元 著
春秋史	童书业 著
明史简述	吴 晗 著
朱元璋传	吴 晗 著
明朝开国史	吴 晗 著
旧史新谈	吴 晗 著 习 之 编
史学遗产六讲	白寿彝 著
先秦思想讲话	杨向奎 著
司马迁之人格与风格	李长之 著
历史人物	郭沫若 著
屈原研究（增订本）	郭沫若 著
考古寻根记	苏秉琦 著
舆地勾稽六十年	谭其骧 著
魏晋南北朝隋唐史	唐长孺 著
秦汉史略	何兹全 著
魏晋南北朝史略	何兹全 著
司马迁	季镇淮 著
唐王朝的崛起与兴盛	汪 篯 著
南北朝史话	程应镠 著
二千年间	胡 绳 著
论三国人物	方诗铭 著
辽代史话	陈 述 著
考古发现与中西文化交流	宿 白 著
清史三百年	戴 逸 著

清史寻踪	戴　逸　著
走出中国近代史	章开沅　著
中国古代政治文明讲略	张传玺　著
艺术、神话与祭祀	张光直　著 刘　静　乌鲁木加甫　译
中国古代衣食住行	许嘉璐　著
辽夏金元小史	邱树森　著
中国古代史学十讲	瞿林东　著
历代官制概述	瞿宣颖　著

宾虹论画	黄宾虹　著
中国绘画史	陈师曾　著
和青年朋友谈书法	沈尹默　著
中国画法研究	吕凤子　著
桥梁史话	茅以升　著
中国戏剧史讲座	周贻白　著
中国戏剧简史	董每戡　著
西洋戏剧简史	董每戡　著
俞平伯说昆曲	俞平伯　著　陈　均　编
新建筑与流派	童　寯　著
论园	童　寯　著
拙匠随笔	梁思成　著　林　洙　编
中国建筑艺术	梁思成　著　林　洙　编
沈从文讲文物	沈从文　著　王　风　编
中国画的艺术	徐悲鸿　著　马小起　编
中国绘画史纲	傅抱石　著
龙坡谈艺	台静农　著
中国舞蹈史话	常任侠　著
中国美术史谈	常任侠　著
说书与戏曲	金受申　著
世界美术名作二十讲	傅　雷　著

中国画论体系及其批评	李长之　著
金石书画漫谈	启　功　著　赵仁珪　编
吞山怀谷 ——中国山水园林艺术	汪菊渊　著
故宫探微	朱家溍　著
中国古代音乐与舞蹈	阴法鲁　著　刘玉才　编
梓翁说园	陈从周　著
旧戏新谈	黄　裳　著
民间年画十讲	王树村　著　姜彦文　编
民间美术与民俗	王树村　著　姜彦文　编
长城史话	罗哲文　著
天工人巧 ——中国古园林六讲	罗哲文　著
现代建筑奠基人	罗小未　著
世界桥梁趣谈	唐寰澄　著
如何欣赏一座桥	唐寰澄　著
桥梁的故事	唐寰澄　著
园林的意境	周维权　著
万方安和 ——皇家园林的故事	周维权　著
乡土漫谈	陈志华　著
现代建筑的故事	吴焕加　著
中国古代建筑概说	傅熹年　著
简易哲学纲要	蔡元培　著
大学教育	蔡元培　著 北大元培学院　编
老子、孔子、墨子及其学派	梁启超　著
春秋战国思想史话	嵇文甫　著
晚明思想史论	嵇文甫　著
新人生论	冯友兰　著

中国哲学与未来世界哲学	冯友兰　著
谈美	朱光潜　著
谈美书简	朱光潜　著
中国古代心理学思想	潘　菽　著
新人生观	罗家伦　著
佛教基本知识	周叔迦　著
儒学述要	罗　庸　著　杜志勇　辑校
老子其人其书及其学派	詹剑峰　著
周易简要	李镜池　著　李铭建　编
希腊漫话	罗念生　著
佛教常识答问	赵朴初　著
维也纳学派哲学	洪　谦　著
大一统与儒家思想	杨向奎　著
孔子的故事	李长之　著
西洋哲学史	李长之　著
哲学讲话	艾思奇　著
中国文化六讲	何兹全　著
墨子与墨家	任继愈　著
中华慧命续千年	萧萐父　著
儒学十讲	汤一介　著
汉化佛教与佛寺	白化文　著
传统文化六讲	金开诚　著　金舒年　徐令缘　编
美是自由的象征	高尔泰　著
艺术的觉醒	高尔泰　著
中华文化片论	冯天瑜　著
儒者的智慧	郭齐勇　著
中国政治思想史	吕思勉　著
市政制度	张慰慈　著
政治学大纲	张慰慈　著
民俗与迷信	江绍原　著　陈泳超　整理

政治的学问	钱端升　著　钱元强　编
从古典经济学派到马克思	陈岱孙　著
乡土中国	费孝通　著
社会调查自白	费孝通　著
怎样做好律师	张思之　著　孙国栋　编
中西之交	陈乐民　著
律师与法治	江　平　著　孙国栋　编
中华法文化史镜鉴	张晋藩　著
新闻艺术（增订本）	徐铸成　著
经济学常识	吴敬琏　著　马国川　编
中国化学史稿	张子高　编著
中国机械工程发明史	刘仙洲　著
天道与人文	竺可桢　著　施爱东　编
中国医学史略	范行准　著
优选法与统筹法平话	华罗庚　著
数学知识竞赛五讲	华罗庚　著
中国历史上的科学发明（插图本）	钱伟长　著

出版说明

“大家小书”多是一代大家的经典著作，在还属于手抄的著述年代里，每个字都是经过作者精琢细磨之后所拣选的。为尊重作者写作习惯和遣词风格、尊重语言文字自身发展流变的规律，为读者提供一个可靠的版本，“大家小书”对于已经经典化的作品不进行现代汉语的规范化处理。

提请读者特别注意。

北京出版社